Jinetes
en caballos de palo

Para Gerardo, Federico
y Maximiliam, parientes
lejanos de aquellos
niños de Osnabrüde

La primera vez que estuve en Osnabrück me llamó inmediatamente la atención un caballito de palo que colgaba en una plaza como insignia de la ciudad.

Pregunté su significado y me hablaron de la leyenda de los caballitos.

Pensé que era una hermosa historia. Que aquellos niños olvidados y desconocidos del siglo XVII tenían mucho que contarnos. Y los dejé hablar...

MARTA OSORIO

I

La guerra

1618-1643

Era una guerra larguísima y feroz que, como un caballo gigante y enloquecido al que nadie pudiera parar, galopaba saltando de un país a otro, destruyendo ciudades y campos, sembrando muerte, lágrimas, dolor, fuego y sangre.

Ocurrió hace muchísimos años. La guerra empezó como hasta ahora han empezado todas las guerras: nadie parecía quererla, pero las cosas venían mal desde hacía tiempo y todo el mundo estaba descontento.

En Europa todos eran cristianos, pero unos querían seguir obedeciendo al Papa, mandase lo que mandase, por lo que les llamaban «papistas». Y otros protestaban siguiendo a Lutero, que fue el primero que protestó, porque les parecía mejor tener más libertad y que cada cual se las arreglara por su cuenta, por lo que les llamaban «protestantes».

Así que se hicieron dos bandos y, aunque creían en el mismo Dios y sólo en algunas cosas eran diferentes, llevaban ya un siglo atacándose unos a otros sin jamás ponerse de acuerdo.

Pero la chispa que hizo estallar todo aquel nuevo horror saltó de pronto, cuando menos se pensaba; veréis...

El rey de España y el emperador de Alemania eran los que por entonces tenían más poder. Pertenecían a una misma familia, los Habsburgo, y los dos eran católicos. El emperador Rodolfo que había sido educado en España, vivía en Viena. Y a su palacio, lleno de grandes salones, acudían los príncipes, los nobles, y los cardenales a contarle lo que pasaba por sus tierras, que él apenas conocía, y a hablarle de sus gentes, que él nunca veía.

El emperador Rodolfo, que según cuentan andaba un poco loco, parecía olvidarse de todo lo que pasaba sobre la tierra mirando a las estrellas. Quería llegar a leer en aquellos astros tan lejanos como si se tratara de un libro abierto encima de la mesa de su despacho.

Así que se rodeó de sabios y de artistas,

se hizo traer el nuevo invento del siglo, un anteojo con el que podía acercar un poco más el cielo a su palacio, y al fin llamó mandar a Juan Kepler.

Juan Kepler era un gran sabio en matemáticas y astronomía, el hombre que en el mundo sabía más del sol, la luna y las estrellas. Y sin embargo, era pobre como las ratas, por lo que se sintió muy contento cuando el emperador Rodolfo lo llamó a su lado, donde podría seguir observando esos mundos de los cuales se iban sabiendo cada vez cosas más extraordinarias.

Empezaba a decirse que el sol no se movía alrededor de la tierra, como hasta entonces todo el mundo había creído, sino que era la tierra la que se movía alrededor del sol. La gente estaba entre asombrada y asustada. Aparecieron en el cielo tres nuevos cometas de largas colas refulgentes y plateadas...

Desde muy antiguo los hombres habían creído que los astros podían influir en la suerte de las personas, que podía leerse en las estrellas lo que a cada cual iba a sucederle. El emperador Rodolfo y todos sus súbditos también lo creían.

Al pobre Juan Kepler no le dejaban muy tranquilo en palacio para que pudiera seguir observando nuevas maravillas, sino que a cada momento le interrumpían, porque el emperador quería saber cada semana su horóscopo o el del rey de España, o el del rey de Francia, o vaya usted a saber...Y a los ministros y a todos los cortesanos les pasaba lo mismo.

Y Juan Kepler trabajaba y trabajaba... Cuando por fin lo dejaban en paz, volvía a sus estudios y a sus cálculos. Cada nueva cosa que descubría y le admiraba en aquel espacio armonioso e infinito se lo escribía a su amigo Galileo, otro gran sabio, que fabricaba preciosos y raros instrumentos: anteojos, telescopios, imanes, astrolabios... Y también observaba las estrellas desde su casa, allá en Italia.

Ocurrió que una mañana en que el emperador estaba sentado ante su mesa llena de horóscopos, vinieron a anunciarle que sus súbditos los nobles de Bohemia querían verlo. A las gentes de Bohemia hacía siglos que, por un documento que se llamó *La Bula de Oro,* se les había dado libertad para conservar sus costumbres, profesar la religión que quisieran y elegir su propio rey. Entre los bohemios había católicos y protestantes, y venían a pedirle al emperador que se les respetara el seguir teniendo libertad para elegir religión. Al emperador Rodolfo le pareció bien decirles que sí. Y los bohemios volvieron a sus tierras tan contentos.

Rodolfo tenía un hermano, Matías, con unas ganas enormes de sentarse en el trono. Y andaba diciendo a todo el mundo que Rodolfo estaba más loco de lo que de verdad estaba. Y que, desde luego, él lo haría mucho mejor. Convenció hasta a los bohemios para que lo hicieran rey.

Al fin, Matías lo consiguió. Apartó a su hermano Rodolfo y se sentó en su lugar.

El emperador Matías se colocó la corona bien derecha y pensó que había muchas cosas por arreglar. Como era bastante viejo y tampoco tenía hijos, nombró heredero, sin consultar a nadie, a su primo Fernando, que también era alemán y católico.

Al enterarse los bohemios, que ya estaban que echaban lumbre, porque el nuevo emperador parecía haber olvidado las promesas de libertad religiosa, dijeron que ya no aguantaban más. Y empezaron las revueltas y los jaleos.

Desde Viena, el emperador Matías mandó a Praga a varios de sus consejeros para que pusieran orden. Aquellos señores llegaron muy elegantes, vestidos todos de negro según la moda española, que es la que se llevaba entonces en la corte, con unos cuellos enormes, blancos y almidonados, que llamaban gorgueras y que les dejaban las cabezas completamente tiesas y sin movimiento. En cuanto se bajaron de la carroza y entraron en el palacio real, mandaron llamar a los nobles.

Los bohemios no se hicieron esperar y acudieron rápidamente. Era un hermoso día de mayo en que las rosas ya habían florecido, los árboles estaban cubiertos de nuevas hojas y el cielo se iba quedando libre de nubes dejando ver un limpio color azul. Pero los bohemios no estaban para mirar nada. Así que cogieron a los recién llegados por la cintura y los tiraron desde la ventana más alta que encontraron.

Hubo gritos, corridas, insultos. La gente se arremolinó en la calle para ver lo que pasaba.

Algunas voces gritaron:

—¡Milagro... milagro...!

Y realmente un milagro había sido que debajo del ventanal de palacio hubiera un gran montón de paja, otros cuentan que era estiércol, así que los consejeros del emperador cayeron en blando. Cuando se les pasó el susto se enderezaron como pudieron, sacudiéndose los trajes, que estaban hechos una pena. Aunque no les ocurrió absolutamente nada, las caras se les habían quedado más blancas que las gorgueras. Y no esperaron a más para tomar de nuevo la carroza y salir disparados hacia Viena, antes de que a los bohemios se les ocurriera hacerles otra barbaridad.

El emperador Matías, cuando se enteró, se enfadó muchísimo.

—Hay que dar un escarmiento —dijo—, esto no puede quedar así.

Y mando un ejército hacia Bohemia.

Caminando, caminando, la infantería.
Galopando, galopando, la caballería.
Arrastrando las pesadas armas de guerra
Por los caminos llenos de barro, la artillería.
Banderas, tambores y trompetas...

Así fue cómo empezó la guerra. Lo que no se sabía entonces es que aquella guerra iba a durar treinta larguísimos años, sin que nadie pudiera ya pararla.

Los soldados del emperador y los bohemios comenzaron a matarse unos a otros. Por esta vez los bohemios pudieron más. Y persiguiendo las tropas imperiales llegaron casi a Viena.

Entre tantos disgustos, al emperador Matías le llegó la hora de morirse. Y su pariente Fernando le sucedió en el trono.

Los bohemios, que estaban cada vez más rebeldes, dijeron que ellos no aceptaban aquel nuevo emperador, que no se les había consultado y que nombrarían otro rey para ellos solos. Y le ofrecieron la corona a otro príncipe alemán, muy joven, que era protestante, se llamaba Federico y también tenía unas ganas locas de reinar.

Cuando llegó la noticia al palacio de Viena, el emperador puso el grito en el cielo.

Pidió auxilio al rey de España, al Papa, a varios príncipes católicos alemanes, al rey de Polonia, y formó con todos ellos un ejército poderoso.

Los bohemios, durante aquellos meses, tampoco se estuvieron quietos. Desde los Países Bajos vinieron tropas para ayudarles, se aliaron con sus vecinos los húngaros, con las gentes de Transilvania, y empezaron también a organizar un buen ejército.

Había llegado ya el otoño, hacía un tiempo

frío y lluvioso, cuando las tropas del ejército imperial fueron vistas en las cercanías de Praga. Los rebeldes bajaron a su encuentro. Y los dos ejércitos acamparon, frente a frente, al pie de una hermosa montaña, «la Montaña Blanca», que estaba ya completamente cubierta de nieve.

Aquella noche, los soldados de los dos bandos se tendieron sobre el barro para intentar descansar. Con el mismo frío y la misma angustia esperaron todos ver amanecer. Y antes de que aclarara el día, las trompetas y los tambores resonaron llamando al combate. Los bohemios fueron los primeros en lanzarse al ataque. Durante una hora se luchó cuerpo a cuerpo, entre gritos de dolor y juramentos, entre estampidos y fogonazos de las armas, entre golpes atroces y relinchos de caballos espantados. Los imperiales, que eran muchos y estaban en perfecta formación, resistieron y al final ganaron.

Bastó sólo una hora para dejar la tierra sembrada de muertos. Muchos de los vencidos se ahogaron en el río al intentar cruzarlo para salvarse. El rey de los bohemios, Federico, «rey de un solo invierno», escapó perdiéndose entre las nieblas de aquella desgraciada mañana. Y al fin Praga se rindió.

A sangre y fuego entraron los vencedores en la ciudad conquistada. Para nadie hubo piedad ni perdón. Los hombres más ilustres, los mejores,

si no pudieron huir, fueron encarcelados, torturados y degollados.

De la torre, sobre el puente de Praga, colgaron sus cuerpos mutilados para que los cuervos acabaran con ellos.

Se incendió, se robó, se violó, se asesinó. Todo estaba permitido. La guerra había empezado.

Y la guerra siguió... Hay quien dice que pudo haberse detenido en aquel momento. Pero no ocurrió así; eran muchos los interesados en sacar una buena tajada en aquel zafarrancho que se había armado. Empezando por los reyes.

Al rey de Francia, al de Inglaterra, al de Dinamarca, al de Suecia..., les fastidiaba ver a los Habsburgo con tanto poder. Y no porque lo hicieran mal o bien, sino porque a todos ellos les hubiera gustado ocupar su lugar. A veces, si se reunían y el rey de España pasaba el primero con todo su séquito, porque tenía ese privilegio, los demás reyes se ponían verdes, sobre todo el rey de Francia, de la envidia que les daba. Había también un montón de príncipes que tenían un pedazo de tierra pequeñito y no se podían ver unos a otros, tratando siempre de fastidiar lo más posible al vecino.

Así que a todos les pareció bien, ya que el emperador de Alemania y el rey de España se habían metido en aquella guerra con los bohemios, ponerse frente a ellos cuando a cada cual le conviniera, para sacar ventaja.

Y aquella guerra no se acababa nunca, el

ser católico o protestante era ya lo de menos, la pobre gente de las ciudades y los pueblos no esperaban a enterarse, si eran amigos o enemigos, cuando veían aparecer una tropa; daba igual, porque todos hacían lo mismo. Saquear cuanto encontraban y, si alguien se resistía y les hacía frente, matar y prender fuego a todo sin el menor remordimiento.

Los campesinos, que en los primeros años aún se atrevían a salir al campo para labrar la tierra, en cuanto veían aparecer a lo lejos algo que pudiera parecerse al casco de un soldado, echaban a correr como si hubieran visto al diablo.

—¡Que vienen... que vienen...! —gritaban para avisar.

Y el pueblo entero corría también para esconderse en sitios que ya tenían preparados, llevándose con ellos los animales y las pocas cosas que les iban quedando. Pues sabían que los recién llegados arramblarían con todo.

—La guerra es lo primero —decían los de la tropa cargando cuanto había.

Y eso si no se empeñaban en llevarse por delante a los jóvenes, quisieran o no, porque de alguna manera había que reponer tanto soldado muerto.

Y los años pasaban: uno, dos, tres..., cinco, diez, quince..., veinte...

Alemania entera era un campo de batalla por donde pasaban los ejércitos de toda Europa.

Luego había aventureros que en la guerra

encontraron su manera de hacer fortuna, formando cada cual su propio ejército y alistándose para pelear a favor de quien más pagaba, o donde podían sacar mejor botín.

Tampoco faltaban los negociantes capaces de entenderse con el mismísimo Satanás si eso les proporcionaba ganancias. Y que vendían, sin ningún escrúpulo, comida y armas al enemigo con tal de sacar sus buenos dineros. De modo que las cosas estaban cada vez más liadas.

—¡Que vienen los imperiales...! ¡Que llegan los bohemios...!

Y la gente corría espantada.

—¡Que son los polacos...! ¡Que son los españoles!

Y más corridas, más terror y más muertes.

—¡Que ahora son los franceses...! ¡Que son los daneses...!

Y la peste, el hambre y el frío ayudando también a la gente a morir.

—¡Que son otra vez los de España...! ¡Que son los suecos...! ¡Que ahora son las tropas de Francia...!

Y las pocas gentes que iban quedando en pie seguían corriendo sin intentar ya siquiera comprender, tratando sólo de salvar la vida.

Todavía había quien sostenía que la guerra era algo bueno. Claro que era en ciudades como París, donde la guerra todavía no había llegado y se miraba como una aventura lejana. En los salones donde damas y caballeros, vestidos de terciopelo, cargados de encajes y de joyas, se reunían para conversar mientras abrían sus cajitas llenas de rapé. Todos ponían los ojos en blanco cuando con los dedos tomaban un poquito de aquel polvo de tabaco y se lo metían por los agujeros de las narices, que se quedaban negras como tubos de chimeneas, estornudando después muy elegantemente.

Algunos de estos señores decían cosas así:

—Las guerras fuera del país son necesarias y beneficiosas...

Si hubiera sido posible ponerlos ante un espejo mágico, donde mirasen reflejados los pueblos desiertos, las ciudades destruidas, los campos sin labrar, los bosques quemados... Los niños, las mujeres y los hombres hambrientos, enfermos y miserables. Los miles y miles de muertos que aquella guerra terrible estaba acarreando...

O, todavía mejor, trasladar por los aires a aquellos señores tan elegantes, con la cajita de rapé y todo, al sitio donde ocurrían hechos tremendos. Como la toma de una hermosísima ciudad, Heidelberg, por el feroz Tilly, jefe entonces de los imperiales. Seguramente a aquellos caballeros se les habrían caído las cajitas del rapé de las manos y habrían cambiado muy rápidamente de opinión, antes de que cualquier soldado brutal y enloquecido se les abalanzara para robarles las joyas y rebanarles la cabeza de un tajo.

Se cuenta que el general Tilly, que era un hombre seco y duro como la mojama, decía: «A esta gente hay que hacerle una buena sangría para que escarmiente». Y en aquella ocasión lo cumplió.

Los defensores de la ciudad, después de la rendición, se habían refugiado en el castillo. Hasta allí llegaron Tilly y sus soldados sin perdonar a nadie, acuchillando, saqueando y arrasándolo todo. La gran biblioteca donde se conservaban como un tesoro los libros escritos y pintados a mano, a fuerza de amor y de paciencia, hacía cientos y cientos de años, fue destrozada. Y los libros esparcidos por el suelo para que sirvieran de cama a los caballos.

A todo esto, los reyes, los papas y los generales también se morían. De los que habían empezado la guerra ya no quedaba nadie. Y así, entre ruinas, muertos y cansancio llegamos al año en que empieza nuestra historia.

II

Los niños y madre Berta

1643

De entre las pocas ciudades que aquella guerra terrible iba dejando en pie había una ciudad alemana, Osnabrück, que había sido ocupada por los suecos cuando con el rey Gustavo Adolfo bajaron desde su país para ayudar a los protestantes.

Osnabrück era una ciudad libre, donde, como en tantas otras, antes de que la guerra estallara, se había vivido bien y alegremente. Tenía magníficas iglesias, unas para los católicos y otras para los protestantes. Sus calles estaban llenas siempre de forasteros dispuestos a comprar y ven-

der, sobre todo en los días de mercado. Porque las telas de lino que se fabricaban en la región eran famosas en todo el país y fuera de él. Y en su Ayuntamiento, un palacio con grandes ventanales que daban a la plaza, se marcaban y se pesaban aquellas telas antes de que salieran a recorrer el mundo.

La ciudad estaba guardada por una muralla que la rodeaba. Desde que la guerra empezó sus puertas habían sido cerradas. Y durante todo el día y toda la noche se veía a los soldados vigilando desde los torreones.

El barrio más pobre era el de los tejedores. En otros tiempos, también allí se había vivido mucho mejor, cuando el zumbido de los telares en movimiento se escuchaba en todas las calles, y las mujeres cantaban mientras hilaban el lino sentadas junto a la rueca. Pero ahora todo estaba medio vacío y silencioso. Los pocos vecinos que quedaban se ganaban la vida cada día como podían, la mayoría recogiendo las basuras y las sobras de las grandes casas y de los cuarteles.

En una de las casitas de aquel barrio, que más que casa se podía decir que era una cabaña, pero que tenía alrededor un pedazo de tierra donde nacían plantas de muchas clases, vivía madre Berta.

—Madre Berta, cuéntanos cosas de cómo era el mundo cuando no había guerra.

—Cuando no había guerra, el mundo era hermoso... Al llegar la primavera, la gente salía al campo para ver cómo los árboles se cubrían de hojas nuevas; cantaban y reían disfrutando del sol que empezaba a calentarlo ya todo, comían sobre la hierba viendo a la tierra entera florecer...

—¿Y qué comíais?

—Pues los días de fiesta, cuando se salía al campo, siempre se preparaba algo bueno..., pollo relleno de ciruelas...

—¡Pollo relleno de ciruelas!

—Pastel de liebre...

—¡Pastel de liebre!

—Se hacían bollos y bizcochos con natillas de huevo...

—¡Bizcochos con natillas de huevo!

Los cuatro niños que preguntaban y se admiraban tanto de lo que madre Berta contaba, estaban sentados en un viejo banco junto al fuego. Los cuatro se habían quitado los pesados zuecos de madera y extendían los pies desnudos hacia la lumbre, que era bastante escasa, porque hasta en la leña había que ahorrar.

Los cuatro metían su cuchara de palo en unos cuencos de barro, que madre Berta les había ido alargando a cada uno, después de llenarlos con una sopa que iba sacando de la olla que hervía sobre el fuego. Hay que reconocer que aquella sopa era más bien agua caliente donde flotaban algunos trozos de nabos y remolachas. Madre Berta también se sirvió en otro cuenco lo que quedaba en la olla y siguieron charlando mientras comían.

La cabaña era muy pobre. Sobre el suelo, de tierra apelmazada, había extendida una manta vieja para hacerlo menos frío. En una de las paredes, sobre un estante hecho con una tabla, se apilaban botes y frascos de todos los tamaños, bien tapados, donde madre Berta guardaba sus ungüentos y elixires. Grandes manojos de hierbas puestas a secar colgaban de las vigas del techo. A un lado, en un rincón, había un catre viejo y un cajón para guardar la ropa. La cabaña sólo tenía una ventana pequeña, cerrada con cascos de botellas vacías. Y en un gran cesto en el suelo había muchos saquitos con hierbas de todas clases, que despedían un olor muy especial.

—Madre Berta, ¿y todos los días se amasaba y se hacía pan?

—Todos los días... Cuando se pasaba cerca de un horno, la calle entera olía a pan caliente.

—¡Pan caliente!

Los cuatro niños apuraban las últimas cucharadas de sopa y husmeaban el aire, tratando de encontrar ese olor a pan recién hecho que tanto deseaban.

Federico y Margarita eran hermanos, vivían al lado de madre Berta y eran hijos de uno de los mejores tejedores del barrio, que desde que los telares se pararon, tenía que dedicarse a recoger basuras, como todos los demás vecinos, y Federico y Margarita le ayudaban.

Gerardo se había quedado sin padre en la guerra. Hacía dos años que ocurrió la desgracia; la madre desde entonces apenas hablaba y seguía como pasmada. Se quedaba horas y horas quieta, igual que una estatua, mirándose las manos. Y Gerardo tenía que cuidar de ella como si se tratara de una criatura.

A Ena la encontró un soldado sueco vagando sola por los campos y la trajo a la ciudad. Nadie sabía, porque la niña nunca lo había dicho, de dónde era ni lo que le había pasado. Y desde entonces vivía en la cabaña de madre Berta.

Los niños iban vestidos cada cual como había querido, dentro de lo que se podía, pues sus ropas también habían salido de entre las basuras y los desperdicios.

Federico se cubría con una capa de soldado agujereada que le sobraba por todas partes y que él se ataba con una cuerda a la cintura para que no le arrastrara. En la cabeza llevaba arrollada una bufanda vieja como si fuera un turbante.

Margarita había encontrado unas faldas de mujer y se las puso colgadas al cuello, haciéndoles dos rajas a los lados para sacar los brazos, que asomaban, delgaditos como hilos, cubiertos con una camiseta bastante rota. Cuando se remangaba las faldas, para saltar y moverse con más facilidad, se le veían unas polainas, que en otro tiempo debieron de ser blancas, cubriéndole las piernas desde el muslo hasta el tobillo, y en tan mal estado como la camiseta. Margarita decía que su vestido era una gran cosa, porque podía sacar los brazos cuando lo necesitaba y los volvía a meter dentro para no sentir el frío y estar más abrigada, aunque pareciera manca.

Aquella noche, la niña había llegado con dos plumas rojas medio peladas, encontradas sabe Dios dónde, colocadas bien tiesas en la cabeza.

—Son unas plumas preciosas —comentó madre Berta al verla entrar. Y Margarita se sintió muy satisfecha.

Gerardo usaba unos pantalones que en otro tiempo pertenecieron a su padre. Le quedaban tan grandes que, después de doblarlos, se los tenía que sujetar debajo de los sobacos. Y se abrigaba con una toquilla vieja, con la que también se podía cubrir la cabeza en caso de necesidad. Aunque llevaba siempre un gran sombrero de ala ancha, que le estaba grande y se le colaba hasta las orejas, dándole un parecido extraordinario con una seta.

Ena, encima de una camisa de lana que madre Berta le había dado cuando llegó, se liaba una zalea de cordero, medio calva, que le daba varias vueltas. Madre Berta le había hecho un

gorro con pedacitos de trapos viejos y ella se los adornó con una rosa de cintas, toda chafada, que le gustaba muchísimo.

Federico, Margarita y Gerardo venían todas las noches a tomar la sopa con Ena y madre Berta. Pues en sus casas cenaban tan poco que les quedaba hambre para mucho más.

También acudían casi todas las noches Pedrito y Nicolás. Estos dos niños no lo pasaban tan mal como los otros. Pedrito era hijo de un herrero al que no le faltaba el trabajo, pues herraba los caballos de los soldados suecos. Y en vez de recibir dinero, prefería que el ejército le pagara en comida para que los suyos no pasaran hambre. El padre de Nicolás era zapatero y arreglaba de vez en cuando las botas de los suecos.

Pedrito iba mejor vestido que los demás, por lo menos la ropa que llevaba le estaba a su medida. Con unas cortinas viejas su madre le había hecho unos pantalones abombados, como los de los mosqueteros, y le había achicado un jubón del padre que le quedaba muy bien. Él, por su cuenta, se fabricó un gorro de piel de conejo adornándolo con un rabo de zorra que le caía a un lado de la cabeza. Cuando se peleaba con alguien, cosa que ocurría con bastante frecuencia, se quitaba el gorro y empezaba a repartir rabazos que era una bendición.

Nicolás usaba ropas heredadas de su padre, pero arregladas y bien remendadas. Era el único niño que tenía un par de botas. Unas botas altas que desechó un soldado y le quedaban grandísimas. Tan grandes le estaban que siempre llegaban mucho antes que él a todas partes.

Pedrito era católico y Nicolás protestante. Sus casas estaban pegadas una a la otra, y los dos se pasaban la vida juntos y peleándose a más y mejor.

—¡Papista inmundo!...

—¡Condenado hereje!...

Se les podía oír decirse por la mañana, con otra sarta de insultos a modo de saludo.

Aquella noche, Pedrito entró en la cabaña llevando en la mano, con mucho cuidado, dos huevos.

—Madre Berta, mi madre te manda esto.

Madre Berta se puso muy contenta.

—Qué bien, hijo, mañana los echaré en la sopa y tendrá más alimento.

Hacía años que madre Berta había llegado a la ciudad, quedándose a vivir en el barrio de los tejedores. Y ella sola empezó a labrar el pedazo de tierra que rodeaba su cabaña.

Los vecinos vieron admirados cómo, además de los nabos y las remolachas que ella necesitaba para comer, brotaban también otras muchas plantas y hierbas, de formas y olores diferentes. Madre Berta las recogía con cuidado para utilizarlas frescas, o ponerlas a secar, pues conocía muy bien las propiedades de cada una de ellas. También sabía cuáles eran peligrosas y podían hacer daño y hasta causar la muerte con su veneno.

Poco a poco, las familias del barrio se acostumbraron a acudir a ella. Y las mujeres que iban a tener hijos buscaban su ayuda a la hora de parir, porque sus manos hacían que los niños entraran bien en este mundo. Y las madres no se morían de fiebres, como solía ocurrir con gran frecuencia entonces.

Algunos vecinos pensaron si no sería una de aquellas personas que en otras ciudades tanto habían perseguido. Pues hubo una época en que los hombres parecieron volverse locos cazando y quemando brujas. Y a cualquier pobre mujer, joven o vieja, que por alguna causa les pareciera un poco rara, pues: ¡zas!..., la cogían y, sin más, la echaban a achicharrarse a la hoguera.

Nadie le preguntó nunca nada, ni habló jamás en contra de ella. Y todos los niños y las mujeres que visitaban su cabaña y hasta le ayudaban a arreglar el huerto, estaban de su parte.

Además de que en aquella guerra tan larga se habían descubierto tantas nuevas maneras de matar inocentes, que la fiebre de quemar brujas parecía haberse aplacado algo.

De modo que madre Berta siguió viviendo entre las pobres gentes del barrio de los tejedores. Y cada vez eran más los que venían a buscar sus remedios.

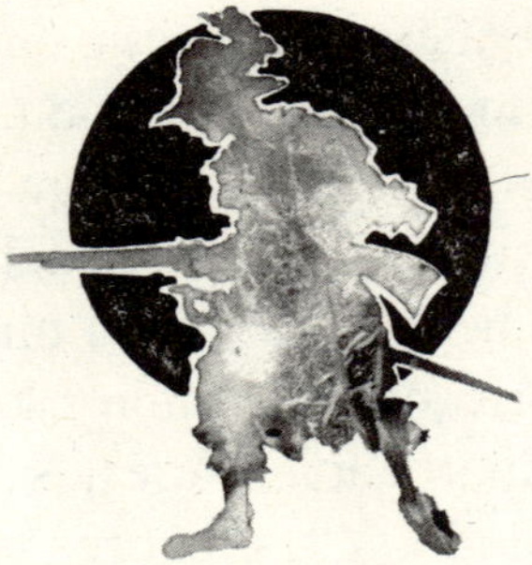

III

Esteban, el soldado

1643

Era día de mercado y muy de mañana madre Berta cargó con su gran cesta llena de saquitos de hierbas y salió camino de la plaza. Ena iba con ella llevando un taburete pequeño para que madre Berta se sentara.

Aunque ya no había tanta animación ni venía gente forastera como antes, seguía siendo siempre el día de mercado mejor que los otros. Los soldados y los paisanos se mezclaban en la plaza, y más que el dinero, que entonces valía muy poco y apenas servía para comprar nada, las gentes se cambiaban cosas entre ellas. De las arcas iban saliendo las telas de lino, los encajes, los jarros de estaño, lo que cada familia había conservado de padres a hijos y que ahora se cambiaba por huevos, por harina, por manteca, por semillas, pues la comida era mucho más necesaria para seguir viviendo.

También bajaba a la plaza la gente principal. Ciertos días se podía ver a la alcaldesa y a otras señoras encopetadas, con las mujeres de los generales y los oficiales suecos, curioseando entre las cosas expuestas para la venta.

Madre Berta llegó a la plaza, puso el cesto en el suelo y se sentó en el taburete que Ena había traído.

—Madre —dijo Ena—, ¿quieres que me acerque a mirar?

—Sí, hija, ve.

Ena salió como una flecha hacia el corro donde se apretaban más curiosos. Y empujó hasta colocarse en primera fila. Un hombre enseñaba al público, admirado, un hermoso caparazón de tortuga gigante, traída de mares remotos.

Al puesto de madre Berta en seguida empezaron a acudir parroquianos.

—Madre Berta, aquella tos de perro que tenía, se me alivió mucho con las hierbas. Y ya se me han terminado.

Y madre Berta le daba una mezcla de hojas de malva, de hiedra y de violeta.

—Tengo un peso en el estómago como si me hubiera tragado una piedra y la boca tan amarga como la hiel.

Y madre Berta le daba anís y manzanilla con unas poquitas agujas de abeto.

—Madre Berta, se me ha metido un dolor en la cintura que me baja por la pierna, me tiene baldado y no me deja ni de día ni de noche.

Y madre Berta recomendaba cataplasmas de hoja de col caliente y unturas con jugo de raíces de árnica.

En éstas estábamos cuando madre Berta vio acercarse a un hombre que caminaba con dificultad, apoyándose en muletas, pues le faltaba una pierna desde la rodilla. Iba cubierto por algo que antes debió de ser un uniforme de soldado, pero tan andrajoso, tan sucio y tan descolorido que resultaba imposible saber a qué ejército y a qué nación pertenecía. Llevaba colgado al hombro un zurrón y un violín en tan mal estado como su dueño.

—Dios te guarde, madre —dijo el soldado al acercarse, mientras se sentaba trabajosamente en el suelo—. Me han dicho que acuda a ti en busca de remedio, pues la herida de mi pierna empeora y no cicatriza nunca.

—Haré lo que pueda —contestó madre Berta—. Mejor será que acudas esta noche a mi casa para que vea tu mal.

—Cinco años hace que una bala de cañón se

llevó mi pierna y todavía no me la ha devuelto —dijo el soldado riendo—; lo peor es que a cambio sólo me ha dejado males y dolores sin cuento...

Por la noche, cuando los niños y madre Berta acababan de terminar con la sopa, el soldado cojo llamó a la puerta.

—¿Vengo en buena hora, madre?

—Sí, pasa. Y vosotros, dejad el banco al señor soldado.

Los niños se levantaron y fueron a acurrucarse junto a la lumbre, sin dejar de mirar al recién llegado.

—Dios te lo pague, madre —dijo el hombre, sentándose y dejando las muletas en el suelo. También se descolgó el zurrón y el violín, que llevaba atado con una cuerda.

—Vamos a ver, pon la pierna enferma así —dijo madre Berta, ayudándole para que el muñón que le quedaba descansara sobre el banco. Y empezó a retirar los andrajos que lo cubrían. Tenía una llaga horrible y madre Berta la examinó con cuidado.

—Tendrás que ser valiente si quieres sanar...

—Madre, lo soy, lo soy —respondió el soldado, hinchando el pecho.

—De todas maneras, bebe esto que te ayudará...

Y madre Berta le dio a beber un jarrito

lleno de un líquido que había tomado de uno de los frascos que había en el estante.

El soldado probó con desconfianza.

—¡Qué fuerte y qué bueno está! —dijo sorprendido, y acabó por bebérselo de un solo trago.

Madre Berta se restregó las manos con aquel mismo líquido que había dado a beber al soldado. Y luego tomó un hierro que acercó al fuego, manteniéndolo en él hasta que se puso al rojo vivo.

—¡Madre! ¿Qué vas a hacer?

—No hay otro remedio, si quieres sanar...

Madre Berta acercó el hierro a la carne infectada, y apenas la había tocado, cuando el soldado empezó a blasfemar y a lanzar tales juramentos que hacían temblar la cabaña. Nombró a Dios y a todos los santos, al infierno y a todos sus habitantes.

Los niños, que habían visto y oído muchas cosas en los pocos años que llevaban en este mundo, lo escuchaban con los ojos redondos. Era como si le saliera una ristra de sapos y culebras por la boca.

—Señor soldado, ¿dónde está ese valor? Hay que aguantar —dijo madre Berta, sin perder la calma—; más pasarías cuando la bala se te llevó la pierna.

—No, madre, porque entonces no me enteré, me quedé traspuesto.

Madre Berta dejó el hierro de nuevo en la

lumbre. Y le alargó otro jarrito lleno de aquel líquido, que no era más que un aguardiente con hierbas que ella tenía para estas ocasiones y que tumbaba al más cristiano.

El soldado lo bebió ávidamente. La cara se le puso roja como si fuera un pavo, se le cerraron los ojos y fue quedándose amodorrado.

Madre Berta aprovechó el momento para acercar de nuevo el hierro a la llaga y quemarla profundamente. Un olor a chamusquina se extendió por la cabaña.

El soldado seguía quejándose, pero muy débilmente, como si estuviera en sueños.

Madre Berta untó después con un bálsamo toda la carne enferma y puso sobre la herida unas hebras de telaraña, cubriéndola luego con un lienzo limpio.

—Ya está —dijo acabando.

Los niños se habían acercado, mirando como curiosidad al soldado.

—Madre Berta, ¿qué le pasa ahora? —preguntó Margarita, asustada.

—Nada, dentro de un rato se espabilará. Lo peor ya ha pasado.

Gerardo se había acercado al violín con intención de cogerlo.

—Quieto, no lo toques —dijo madre Berta—. Con lo viejo que está, a ver si tú acabas de arreglárselo.

—¿Sabrá tocarlo?

—Al despertar se lo preguntaremos.

Y madre Berta puso de nuevo la olla en la lumbre.

—Este hombre tendrá que tomar algo —dijo.

—¡Madre de Dios! ¡Qué piojos!... Mirad, mirad cómo le corren por la barba.

En aquellos tiempos todo el mundo tenía piojos; ni ricos ni pobres se salvaban de ellos. Pero los del soldado debían de ser más gordos de lo normal, porque a Federico lo tenían asombrado.

Los niños seguían mirando fascinados la cara de aquel hombre. La barba en la que brotaban ya algunas canas, las arrugas que le marcaban la piel dura y renegrida, la boca grande que se le había quedado entreabierta y por la que salía un hilillo de saliva.

El soldado abrió los ojos. Vio las cuatro caras de los niños inclinadas sobre él que lo miraban sin pestañear.

—¡Vive Dios! ¿Qué me miráis? —dijo riendo—. Ni que fuera un mono de feria.

Se había incorporado en el banco y se miraba la pierna vendada.

—Toma, ya pasaste lo más duro —dijo madre Berta, acercándole un plato—. Algo caliente te hará bien.

—Dios te lo pague, madre... No creas que me quejaba sin causa, era un dolor rabioso.

—Lo sé —contestó madre Berta.

El soldado se puso a comer sin decir palabra, pues se sentía avergonzado de haber gritado antes de aquella manera.

Los niños se habían vuelto a sentar en el suelo y seguían mirándolo. Al fin, Margarita se atrevió a preguntar.

—¿Cuál es tu nombre?

—Esteban —contestó el soldado sin dejar de comer.

—¿Y dónde naciste?

—¡Uf...! Ya ni me acuerdo...

—Pero eso no se puede olvidar —dijo Gerardo.

—Dices bien —contestó Esteban volviendo a reír—. No, no lo he olvidado, soy húngaro.

—¿Y desde cuándo eres soldado?

—Hará ya más de veinte años... Me alisté en el ejército antes de que me saliera la barba. Fui de los primeros que pelearon con el príncipe de Transilvania...

—¿Con el príncipe de Transilvania?

—Sí, con el mismísimo Gabriel Bethlen, un gran hombre. Sabía luchar y hacer las paces cuando era necesario. Conquistamos toda la ribera del Danubio, después paramos... Luego volvimos a empezar, otra vez se hizo la paz y murió...

—¿Y qué pasó entonces? —preguntó Federico.

—Wallenstein estaba reclutando hombres para su ejército...

—¡Wallenstein! —repitieron los niños, aterrados.

Ninguno de estos niños había conocido al famoso general, pues Gerardo, que era el mayor, tenía algo más de siete años y había nacido dos años después de que el general Wallenstein muriese. Federico, que acababa de cumplir los siete, y Margarita y Ena, que andaban por los seis, nacieron aún más tarde. Pero todos habían oído hablar de él y de sus terribles hazañas.

—¿Conque te fuiste con Wallenstein? —dijo madre Berta también.

—¿Y qué otra cosa podía hacer, madre? Yo no tenía otro oficio más que la guerra. Wallenstein pagaba bien y tenía su propio ejército. Si él se puso después al servicio del emperador, del lado de los papistas, eso era cosa suya... Fuimos de un lado para otro, de victoria en victoria...

—Y de saqueo en saqueo... —añadió madre Berta.

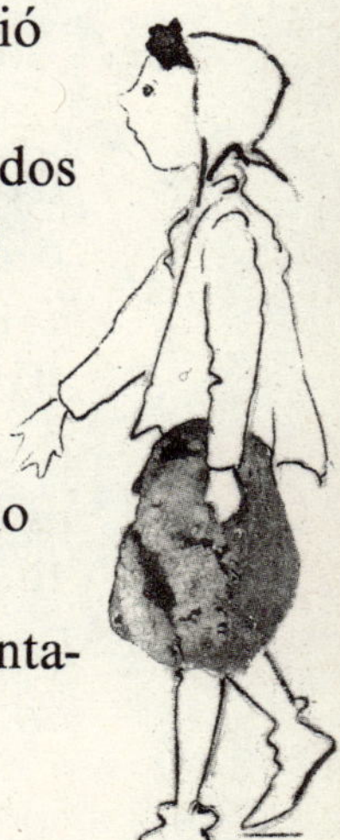

—¡Pero la guerra es así, madre, todos hacen lo mismo! Y Wallenstein tenía más dinero que el propio emperador.

—Pero quería más... —comentó madre Berta.

—Sí, de todo quería más, eso fue lo que le perdió.

—¿Por qué...? ¿Qué pasó? —preguntaron los niños.

—Wallenstein no tenía bastante con ser poderoso, tener sus arcas llenas de tesoros y comer en vajilla de oro, quería más...

Esteban había tomado su violín, lo afinó, dio unos cuantos acordes y empezó a cantar una balada:

¡Wallenstein... Wallenstein...!
¿Hacia dónde caminas tan aprisa...?

La voz profunda de Esteban cantaba la historia de aquel jinete arrogante y decidido, que había estado a punto de perder la vida en Venecia peleando contra el turco. Que formó su propio ejército y galopó por toda Europa en busca de fortuna y de fama, arrasando, saqueando y matando sin piedad. Que llegó a ser el hombre más poderoso de Bohemia y hasta soñó con llegar a ser rey, y eso lo perdió. Hasta su propio castillo, adonde Wallenstein se había retirado, llegaron sus enemigos a buscarlo.

¡Wallenstein...! ¡Wallenstein...!
¿No escuchas? Ya se acercan
los que te traen la muerte.
¡Wallenstein...! ¡Wallenstein...!
Ya te cercan, alzados,
los brazos que han de herirte.
¡Wallenstein...! ¡Wallenstein...!
Tú que tanto mataste, mueres
también a golpes de cuchillo.

Los niños habían escuchado muy interesados. Al terminar, Gerardo preguntó:

—¿Y quién lo mató?

—Cuentan que fue el propio emperador, que enterado de que tramaba proclamarse rey, lo mandó matar en su propio castillo.

—¿Y tú qué hiciste después? —dijo Federico.

—Pues seguir guerreando de un lado para otro, hasta que la bala de cañón me descolocó.

Todos se habían quedado muy callados.

—¿Por qué no tocas algo alegre? —le propuso madre Berta.

—Vamos allá...

Esteban empuñó de nuevo el violín. Parecía mentira que de un instrumento así de cochambroso, unas manos que parecían toscas pudieran sacar unos sonidos tan maravillosos.

La música invadió la cabaña. Los niños se pusieron contentísimos, hasta Ena sonreía. Era la primera vez que esto pasaba desde que la niña llegó a la ciudad, pues seguía sin hablar apenas, sólo a madre Berta le decía lo más necesario.

Margarita, Federico y Gerardo inmediatamente se pusieron a bailar y Ena los siguió. Bailaban cada cual a su aire, inventando pasos, dando vueltas y cruzándose entre ellos, según les iba saliendo.

Las botas de Nicolás asomaron por la puerta y detrás entró su dueño. Al ver todo aquel jolgorio se lanzó al baile como una tromba.

—¡Ay, ay, qué pisotón! ¡Bellaco!

—¡Bestia negra!

—¡Hijo de Satanás! ¡Ay, ay!

Las quejas, los insultos y las protestas llovían sobre Nicolás, que con sus botazas repartía pisotones sin parar. Al fin lo acorralaron.

—O te quitas las botas o no bailas.

Nicolás se quitó sus preciadísimas botas, porque vio que no había otro remedio.

La música sonaba cada vez más alegre y brillante.

—Con qué poco puede hacerse buena la vida —dijo madre Berta, a quien también se le movían los pies.

Pedrito llegó, agregándose al momento al baile. Saltaba y saltaba, haciendo moverse, en todas direcciones, entre las risas de todos, el rabo de zorro que colgaba de su estrambótico gorro de conejo.

—¡Que se quite el gorro, que se quite el gorro, o no hay justicia! —bramó Nicolás, aunque nadie le hizo caso.

Y el soldado seguía tocando sin cansarse, contagiado de la alegría de los niños.

Era ya tarde cuando todos tuvieron que marcharse. Madre Berta salió con un candil, como hacía todas las noches, para dar un poco de luz.

Entonces las calles no tenían alumbrado y estaban tan negras como boca de lobo. Madre Berta se quedaba en la puerta hasta que cada niño le gritaba antes de entrar en su casa.

—¡Hasta mañana...!

—¡Hasta mañana...!

Esteban se despidió también.

—Buenas noches, madre. Poco tengo, pero dime qué debo darte.

Ena miraba al soldado con fijeza, y sin decir palabra, como siempre.

—Esta noche nos has dado tú música, has pagado bien. Vuelve mañana para que vea la herida. Cuando te vayan mejor las cosas, ya me darás...

—Gracias, madre, no lo olvidaré...

Y al soldado y sus muletas también se los tragó la noche. Aún se oyó su voz canturrerando a lo lejos.

¡Wallenstein, Wallenstein...!

IV

Las pesadillas de Ena

1643

—¡Que me matan, que me matan...! ¡Que me quieren matar...!

Ena gritaba en sueños, llorando. Madre Berta la abrazó y le habló para que despertara.

—¡Ena, Ena, despierta, estás conmigo, con madre Berta! Nadie te hace daño, era un mal sueño.

Ena despertó, pero temblaba toda y seguía llorando.

Madre Berta y Ena dormían juntas en el único catre que había en la cabaña.

—¿Quieres que encienda el candil?

—No —dijo Ena, pegándose aún más a madre Berta—, estando contigo ya no tengo miedo.

Ena empezó a hablar bajito, entrecortadamente; hasta entonces nunca había dicho la menor cosa sobre su vida. Pero aquella noche, quizá la aparición del soldado y las historias que contó habían hecho que saliera a flote todo lo que la aterrorizaba y guardaba en el fondo de su corazón.

—Ellos querían matarme, ¿sabes...? Yo me escapé corriendo y corriendo... Me siguieron mucho rato con el cuchillo en la mano...

—Ena, niña mía, nadie te quiere matar —le dijo madre Berta.

—Ellos sí, ellos sí querían... Estaba sola...

—¿Por qué estabas sola?

—Entraron los soldados... Mis padres habían salido al campo y nunca más volvieron... No sé lo que les pasó... No los volví a ver más... Yo me escondí en la covacha para que no me vieran los soldados cuando entraron en la casa... Después se fueron... Pasé mucho tiempo sin moverme ni salir, de miedo que tenía...

—¿Y no comiste nada?

—Tenía agua y comida, mis padres lo guardaban allí para que no pudieran encontrarlo los soldados. No me atrevía siquiera a moverme aunque ya no se oían pasos ni ruidos... No sé cuántos días ni cuántas noches pasaron... La comida se acabó y el agua también... Tuve que salir, tenía tanta hambre y tanta sed que no pude aguantar más... La puerta de la casa estaba abierta y salí a la calle... No se oía nada, ni se veía a nadie, como si la gente se hubiera muerto... ¡De pronto los vi...!

—¿A quién?

—A unos hombres. Uno sacó un cuchillo al verme...; tenía ojos de loco...; eché a correr...; oía sus gritos detrás de mí... ¡Que se escapa, que se escapa...! Corrí y corrí... no sé cómo... atravesé los campos y me metí en el bosque... y seguí corriendo sin parar... sin saber dónde estaba... algunas veces me quedaba dormida... pero después volvía a correr... bebí agua de los charcos... y comí raíces y hierbas... hasta que el soldado me encontró... me dio mucho miedo, pero ya no podía correr más... Él fue bueno conmigo... me dio pan...

Ena seguía llorando entrecortadamente.

Madre Berta le acarició la cabeza, apretándola aún más contra sí.

—¡Ea... ea...! ¡Corazón mío...! No llores más. Ya pasó todo... olvídalo... ahora estás conmigo y yo no dejaré que nadie te haga ningún daño... Mira, la guerra acabará... ya no puede tardar y la vida volverá a ser buena y hermosa... Madre Berta te defenderá siempre, nadie podrá hacerte mal...

Ena se fue tranquilizando poco a poco y acabó por quedarse dormida.

Madre Berta la tuvo abrazada durante largo rato, pensando en la terrible historia que la niña acababa de contarle. Ella sabía bien que en algunas ciudades y pueblos el hambre había sido tan feroz

que las gentes habían cometido los mayores disparates. Que después de haberse comido perros, gatos, ratas y cualquier bicho viviente que encontraron a mano, algunos habían acabado por devorar hasta a los muertos. Y habían cazado y matado niños, como si fueran conejos, con tal de saciar su hambre. Así que lo que contaba la niña tenía todas las trazas de ser verdad.

Ena parecía ahora tranquila y seguía dormida.

El día en que el soldado la encontró y la trajo a la ciudad era día de mercado y madre Berta estaba en la plaza vendiendo sus hierbas. Federico y Margarita estaban con ella.

El soldado conocía a madre Berta, pues también había usado sus remedios. Acudió a ella por un brazo que dejó de funcionarle desde que le dieron tal golpetazo, en una riña de taberna, que se le quedó baldado yo qué sé el tiempo. Hasta que madre Berta le dio friegas con un ungüento que otra vez se lo puso como nuevo.

—Dios te guarde, madre. Mira —dijo el soldado señalando a la niña que se había quedado a cierta distancia—, la he encontrado sola y muerta de hambre en medio del campo. No he conseguido sacarle una palabra del cuerpo y no sé qué hacer con ella, a lo mejor tú podrías...

Madre Berta miró a la niña, que seguía en el mismo sitio y no se atrevía a acercarse. Era una pobre criatura, con sólo la piel sobre los huesos y ojos de perro apaleado.

Madre Berta le sonrió y la niña la siguió observando desde lejos sin acercarse.

Margarita y Federico se levantaron en seguida, dispuestos a hacer amistad.

—¿Cuál es tu nombre? ¿De dónde vienes? —preguntó Margarita, que era curiosísima.

Madre Berta los contuvo.

—Quedaos ahí, dejadla en paz.

Pues había visto asomar el miedo en los ojos de la niña, que hizo ademán de echar a correr si Margarita y Federico se acercaban.

—Si quieres —le habló madre Berta—, puedes quedarte con nosotros, somos gente de bien, nadie te hará daño.

La niña siguió alejada, pero se sentó en el suelo.

—Vete en paz —dijo madre Berta al soldado—, yo me ocuparé de ella.

—Yo sé, madre, que contigo estará mejor que con nadie.

Y el soldado se despidió.

Llegó la hora de recoger y volver a la cabaña. Madre Berta tomó su cesta y Federico cargó con el taburete.

—Nos vamos, ya es hora de comer, ¿vienes? —dijo madre Berta a la niña vagabunda.

Tampoco esta vez contestó, pero se levantó y echó a andar detrás de ellos, aunque guardando siempre una distancia, dispuesta a escapar a la menor señal de peligro.

Madre Berta, Federico y Margarita emprendieron el camino de vuelta al barrio de los tejedores.

—Madre Berta, qué rara es, ¿estará loca? —dijo Margarita, que miraba de vez en cuando de reojo para ver si les seguía.

—O será boba, ¿no, madre? —dijo Federico.

—Ni una cosa ni otra —les contestó madre Berta—: está espantada.

—¡O será muda! —insistió Federico, al que le gustaba encontrar siempre una explicación a las cosas.

—Ya nos enteraremos —dijo madre Berta.

Cuando llegaron a la cabaña, Federico y Margarita volvieron a mirar hacia atrás.

—Madre, madre, se ha escondido detrás de aquella casa al ver que nos parábamos.

Asomó la cabeza por una esquina y la volvió a ocultar corriendo.

—No la miréis más —les dijo madre Berta—, andad, id con Dios.

Madre Berta entró en la cabaña dejando la puerta entreabierta.

Poco después notó cómo la puerta se movía débilmente. Madre Berta salió. La niña estaba allí, agachada en el suelo, con la cabeza escondida entre los brazos; se mecía gimiendo desconsoladamente. Madre Berta la levantó.

—Ven conmigo, pasa, ¿cómo te llamas?

—Ena.

Por la noche, cuando Federico y Margarita, con Gerardo, entraron a tomar la sopa, encontraron a la niña vagabunda sentada en el banco, lavada, peinada y metida dentro de una camisa de madre Berta que le estaba grandísima.

V

La muerte del Cardenal

1643

En la plaza del mercado toda la gente bullía y se arremolinaba en el mismo lugar.

Cuando Ena se acercó intentando enterarse de qué se trataba, había tanto personal que era imposible ver nada. Pero Ena, que ya tenía mucha experiencia en esto de colarse, avanzó dando codazos y puntapiés, abriéndose paso a través de aquella muralla humana.

El esfuerzo valió la pena. De pie, sobre un carro que arrastraba una mula vieja, que acababan de desenganchar y yacía tumbada en el suelo, pues debía de estar reventada, había un hombre delgado y más bien bajo, con un par de ojos chiquititos y brillantes, que agitaba una campanilla llamando la atención del público.

—¡Damas y caballeros, acercaos y escuchad las últimas noticias de lo ocurrido en Francia! —decía el hombre, hablando con unas erres muy gangosas—. Perdonad que nos presentemos ante vosotros en tan mal estado. El viaje fue largo y aún no tuvimos tiempo de sacudirnos el polvo del camino.

Y era verdad, pues tanto él como el niño que le acompañaba, el carro y la mula estaban tan envueltos en barro que no había por dónde cogerlos.

—Pero la noticia que voy a daros —continuó el hombre— merecía sacrificar nuestro aseo personal. ¡El cardenal Richelieu, el dueño de Francia, acaba de morir!

Un murmullo del público que escuchaba acogió estas palabras.

—¿Quién, quién? —preguntaban algunos que no sabían de qué iba la cosa.

—El cardenal de Francia.

—¿Y quién era el tal señor?

—Calla, a ver si nos enteramos.

El hombre fue desdoblando, con la ayuda del niño, un cartelón, donde pintada en muchos cuadritos se podía ver una larga historia.

El público empezó a atropellarse, pues todos querían ver lo más cerca posible las figuras del cartel.

—¡Orden, orden! —gritó el hombre desesperadamente, agitando la campanilla ante aquella avalancha que se le venía encima y que estaba a punto de espachurrar a su niño, a él, a la mula y al carro.

—¡Calma, calma, retírense... Yo voy a contar la historia para que todo el público pueda oírla! Después podrán acercarse, uno por uno, para ver de cerca las pinturas. Y hasta llevarse estas hojas donde viene el romance completo que ahora van a escuchar... ¡Retírense, retírense, dejen espacio! ¡Así...! Y ahora, silencio, que voy a comenzar.

El hombre agitó aún más la campanilla y después empezó a cantar a grito pelado, para que todos pudieran oírlo.

¡Hermana, hermana, date prisa...!
Ya se ve la barcaza remontar la corriente.
Los caballos la arrastran por la orilla del río.
—¿Y a ellos los ves?, ¿se les distingue ya...?

Más que cantar, lo que hacía aquel hombre era recitar las palabras con un sonsonete que se repetía siempre igual, mientras iba señalando con una vara en el cartel los episodios que iba contando.

Y así fue cómo todos los allí presentes conocieron el desgraciado fin que tuvieron dos jóvenes caballeros, llamados Cinq-Mars y de Thou, que se atrevieron a conspirar contra Richelieu y fueron descubiertos y encarcelados.

«Quién contra mí conspira es traidor ante Francia y el rey», decía Richelieu. Y no sólo con-

denó a los dos prisioneros a morir. También decidió acompañarlos él mismo hasta el patíbulo.

Cuentan que el cardenal Richelieu estaba ya muy enfermo. Y se hizo llevar por el río en una barca que arrastraban caballos desde la orilla, mientras los condenados le seguían a pie por tierra, cargados de cadenas y rodeados de soldados.

Así hicieron un largo viaje hasta Lyón, donde los jóvenes nobles iban a ser ejecutados. Dicen que la mañana en que la sentencia tenía que cumplirse, Cinq-Mars y de Thou se vistieron de fiesta, con sus mejores galas, para recorrer el último tramo de su camino hacia la muerte. En las calles, la gente compadecida lloraba al verlos pasar.

Cuando Cinq-Mars subió al patíbulo abrazó al verdugo y le rogó:

—Pronto. Y no me hagas sufrir.

Pero el brazo del verdugo tembló. Y tuvo que repetir el golpe hasta diez veces para darle la muerte.

Ya está Richelieu solo, ya se cumplió el castigo
Y hasta París se vuelve para morir también.
Fue un día de invierno entre heladas y vientos
cuando cerró los ojos de una vez para siempre.

En un rico sepulcro de mármol lo metieron.
A él, que un sepulcro viviente donde yacía
un corazón reseco, durante años había sido.
A él, que cambió el calor de la sangre
por un brazo cargado de poder y de orgullo.

No se oía ni una mosca cuando se llegó al final del relato. Y aprovechando aquel silencio, el hombre del carro dijo con una voz ya completamente normal:

—Y ahora, los que quieren acercarse... ¡Señores míos, uno por uno será mejor...! Podrán ver a los personajes de este episodio verdadero que acaba de ocurrir.

La gente obedeció sin rechistar, impresionada todavía. Y fueron acercándose para mirar de cerca a las dos hermanas esperando la llegada de los prisioneros al borde del camino. Al cardenal con sus bigotes y su barbita, con sus largas vestiduras y su donete rojo, tendido en una cama dentro de la barcaza, dictando órdenes a un montón de secretarios.

—¡Válgame Dios! Si tiene cara de gato, pero de gato maligno —exclamó uno del público.

También se podía ver al verdugo en la plaza de Lyón, dando muerte a los condenados.

—¡Qué dolor de criaturas, en la flor de la vida, Dios los tenga en su gloria! —suspiró una mujer.

El último cuadro era el sepulcro con la estatua del cardenal medio tumbado, una mano sobre el pecho, la cabeza levantada y la mirada puesta en el cielo.

—Qué bien metido estáis ahí, señor cardenal —comentó otro—, ya no podréis llevaros a nadie más por delante, ni mandar cortar más cabezas.

Todos querían llevarse el romance a su casa, así que por unas monedas compraban la hoja donde venían los dibujos en pequeño con los versos debajo.

Pocos sabían leer y las palabras escritas no les servían de mucho, pero siempre se encontraba a alguien que las leía en voz alta y todos acababan por saberlas de memoria. O si no, hacían como Ena, que se pasó la mañana pegada al carro, oyendo cantar al hombre, que lo repetía una y otra vez, pues cada vez venía más gente a escuchar. Al final de la mañana, la niña se había aprendido el romance de memoria y fue a cantárselo a madre Berta.

–Escucha, escucha, madre, ya me lo sé todo.

Madre Berta ya había oído muchos comentarios sobre el dichoso cardenal, pues todo el mundo que se acercaba a su puesto no hablaba de otra cosa.

Cuando Ena acabó de cantar, madre Berta dijo pensativa:

–Si con esta muerte la guerra acabara de una vez...

Federico, Margarita y Gerardo, porque estaban rebuscando entre las basuras; Pedro y Nicolás, porque también tenían que ayudar a sus padres en el trabajo, llegaron tarde a la plaza y no les dio tiempo a oír al hombre del carro, entre aprietos y empujones, más que una vez. Pero Ena les cantó el romance muchas veces, cuando se reunieron por la noche, para que también lo aprendieran.

Cantándolo todos estaban en casa de madre Berta, cuando vieron entrar a Esteban, el soldado, acompañado del hombre del carro, que llevaba a su hijo de la mano.

—Dios te guarde, madre, te traigo visita. El señor Hugo y su hijo.

—Pasad, pasad, qué honra para esta casa.

Los del carro se habían lavado por fin, y ahora estaban muy peinados y con un aire bastante más decente.

—Es un gran placer saludaros, señora —dijo el francés, que era muy cortés.

—Les he aconsejado, madre, que te vinieran a ver —intervino Esteban—, pues a Huguito le duele una mano y se le está hinchando.

Madre Berta miró la mano del francesillo; tenía una gran roncha muy encarnada.

—Algún mal bicho que se cruzó en el camino, una araña debió ser —dijo—; no tengas miedo, sentirás alivio en seguida con esto que voy a ponerte.

Y madre Berta cortó una gran rodaja de cebolla y se la puso sobre la mano hinchada.

Esteban, el señor Hugo y Huguito se habían sentado en el banco; los otros niños se sentaron enfrente, en el suelo. Y empezaron las preguntas.

La primera en romper el fuego, como siempre, fue Margarita.

—¿Y de dónde viene, señor Hugo?

—Del mismo París. En cuanto empezaron a deshacerse las nieves nos pusimos en camino. Cerca de Holanda nos topamos con los tercios españoles, nos registraron el carro y cuando vieron el cartel con *La Muerte del cardenal,* se pusieron a bailar de contento, hasta nos convidaron a comer y después nos dejaron pasar.

—¿Pero el cardenal no era papista? —preguntó Federico.

—El cardenal no era papista ni protestante, era lo que le convenía.

—Bien malo es lo que era —dijo Ena convencida.

—Y en la Francia quien manda más ¿no es el rey? —preguntó Nicolás, el de las botas, que eso de los mandos le interesaba mucho.

Sí, el rey es el que manda más, pero el cardenal mandaba hasta en el rey.

—Era un señor bien tunante —dijo Pedro, el del gorro de conejo, no sin cierta admiración.

Gerardo se había quedado pensativo y después preguntó:

—¿Y ahora que se ha muerto el cardenal, el rey no podrá parar la guerra?

—El rey está muy enfermo —siguió contando el señor Hugo—, no se sabe si vivirá mucho. Pero el rey no querrá detenerla: hacía buenas migas con el cardenal.

—Y si se muere también el rey, entonces sí que parará —insistió Gerardo, que no se quería dar por vencido.

—¡Dios te oiga! Si se muere el rey subirá al trono un niño.

—¿Un niño? —preguntaron todos asombrados.

—Sí, el hijo del rey sólo tiene cuatro años.

—Se llama Luis —dijo Huguito, que era muy tímido, hablando por primera vez y poniéndose colorado.

—Entonces él sí que mandará parar la guerra —afirmó Federico convencido.

Gerardo se había acercado al soldado, que como siempre llevaba colgado su violín.

—Esteban, ¿cuándo me vas a dejar tocar? —preguntó el niño, que soñaba con ser músico.

—Pero si no sabes...

—Enséñame.

—Está bien, fíjate.

El soldado dio unas cuantas notas.

—Anda, ahora hazlo tú —dijo colocando el violín en el hombro del niño y dándole el arco.

Gerardo sólo logró sacar un sonido que más bien parecía el maullido de un gato, entre las risas de todos.

—No está tan mal, para ser la primera vez... —dijo Esteban riendo también—. No te aflijas, hombre, que yo prometo solemnemente que te enseñaré. Y ahora vamos a bailar. ¡Andando!

La música sonó más alegre que nunca. Y todos los niños se pusieron a bailar. Huguito, que no se había despegado del lado de su padre, también los siguió, sujetándose la rodaja de cebolla sobre la mano.

El señor Hugo se acercó a madre Berta.

—Dicen que al cardenal en sus tiempos también le gustaba bailar. Cuentan que bailó una vez delante de la reina una zarabanda, con pantalones de terciopelo verde llenos de cascabeles y tocando las castañuelas. ¡Cómo estaría el buen señor! No me lo puedo ni figurar.

—Y cuánto mejor para todos si hubiera seguido bailando —dijo madre Berta—: no se le habría hecho tan mala sangre.

El señor Hugo sacó del bolsillo una hoja con el romance y se la dio a madre Berta, que se puso muy contenta, mirándolo con mucho interés.

—Os lo agradezco, señor —dijo—, soy de las pocas personas que esta mañana no pudieron llegarse hasta el carro.

—Pues ahí encontraréis también los versos —dijo el señor Hugo.

—¡Ay! —suspiró madre Berta—. Yo también tengo que aprenderme las palabras de memoria como los niños. Puedo leer en los ojos de los hombres y en las plantas de la tierra, pero no tuve nunca quien me enseñara las letras...

Después miró ansiosamente al señor Hugo y le preguntó:

—¿Será posible que acabe ya esta terrible guerra?

—Y ¿quién puede saberlo? Yo ya no me

hago ilusiones... —contestó el señor Hugo bajando la cabeza—. ¡Pero, madre!, puede que ahora estemos más cerca.

—¿Se quedará muchos días entre nosotros?

—Sólo mañana para descansar, después seguiremos adelante, vamos camino de Bremen.

VI

Las campanas

1643

Las campanas de la Catedral fueron las primeras en oírse, las de Santa María y Santa Catalina las siguieron. Y después, todas las campanas de la ciudad se echaron al vuelo.

Las gentes se asomaban a las puertas y a las ventanas preguntando lo que ocurría.

Madre Berta estaba partiendo leña en el huerto cuando empezó el repique. La mujer se enderezó y escuchó con sobresalto. Pero la voz de las campanas, llena de alegría, sonaba muy diferente a como lo hacía al anunciar el fuego o cualquier otra calamidad.

—¡Dios del cielo! ¡La paz, la paz...! —exclamó madre Berta.

—¡La paz! —gritó Ena, que estaba a su lado, dando saltos de alegría.

Madre Berta dejó su trabajo y se limpió apresuradamente las manos en el delantal.

—Ven —dijo a la niña—, vamos a enterarnos de lo que sucede.

Al salir se toparon con la madre de Gerardo, que venía corriendo despavorida.

—No te alarmes, mujer —dijo madre Berta abrazándola—, las campanas anuncian un bien, escucha... Tiene que ser la paz.

Por el final de la calle aparecieron Federico y Margarita con su padre; Gerardo venía también con ellos.

—¡Madre Berta! ¡Madre Berta! —empezaron a gritar todos a la vez—. ¡Que al fin acabó la guerra! ¡Que mañana llegan para firmar la paz!

Se abrazaban y se besaban contentísimos.

—Vamos a la plaza —propuso el padre de Federico y Margarita—, todo el mundo se encamina hacia allí.

Gerardo tomó de la mano a su madre.

—Ven con nosotros —le dijo.

—La paz, la paz... —repetía la mujer, saliendo del pasmo en el que se pasaba los días. Y por primera vez desde hacía años sonrió, dejándose llevar entre todos.

Según avanzaban, el grupo fue haciéndose más numeroso. Pedro, el del gorro de conejo, con sus padres, y Nicolás, el de las botas, con los suyos, se unieron a ellos.

Las campanas seguían tocando, los soldados se mezclaban con los paisanos olvidando los enfados y las miserias. Los jarros de vino y de cerveza, salidos de no se sabía dónde, pasaban de unas manos a otras entre cantos y risas. Y la gente se abrazaba por las calles sin tener en cuenta si eran católicos o protestantes.

—¡Mira, madre Berta! ¡Qué hermoso! —gritó Ena, señalando el Ayuntamiento con todos los ventanales abiertos e iluminados.

En medio de la plaza ardía una gran hoguera. Un par de soldados repartían antorchas entre los hombres que se acercaban.

—¡Es para el desfile! —dijo Pedro, excitadísimo—. ¡Señor soldado, a mí, a mí...!

—¡Quita allá, malandrín! ¿Es que quieres arder vivo? —le respondió el soldado—. ¡Eso es para los hombres y tú todavía no llegas a medio!

Pedro se separó de la hoguera bastante mosqueado. Eso de que lo trataran de medio hombre lo fastidió bastante.

—¡Pues qué se habrá creído el muy bellaco! —refunfuñó.

Pero la noche era de alegría y a Pedro se le pasó en seguida el enfado.

La procesión de antorchas quedó pronto organizada. Y recorrió las calles principales alrededor de la plaza. Las mujeres y los niños fueron tras ella. Todos cantaban.

En las ventanas del Ayuntamiento y en

otras casas principales habían puesto colgaduras y banderas. Y los pocos vecinos que aún no se habían echado a las calles se asomaban para ver el espectáculo.

De la mano de madre Berta, Ena miraba todo aquello. Nunca una noche le había parecido tan preciosa. Había tanta claridad como si fuera de día; la roja luz de las antorchas hacía que la gente tuviera buen color y no se notaran los estragos del hambre.

Esteban el soldado, que por aquellos días había estrenado una hermosa pata de palo, sosteniéndose ya en pie sin necesidad de muletas, tocaba su violín con una alegría tan furiosa que contagiaba. A su alrededor la gente bailaba y cantaba como si en ello les fuera la vida.

Desde una de las ventanas del Ayuntamiento, Rosamunda y Alberto, los hijos del alcalde, con su amigo Gustavo Adolfo, un niño con el pelo casi blanco de puro rubio, hijo de un oficial sueco, miraban lo que ocurría en la plaza. A los tres les brillaban los ojos de ganas que tenían de bajar y meterse en el alboroto.

Así que no lo pensaron más y se escurrieron hasta la calle, mientras en lo salones el alcalde y la gente principal bebían y bailaban también celebrando la noticia.

Rosamunda, Alberto y Gustavo Adolfo se fueron derechos al corro que rodeaba a Esteban y a su violín, metiéndose en el baile.

Allí estaban, moviéndose sin parar, Ena y Margarita, que bailaban cogidas de la mano; Nicolás y Pedro dándose unos abrazos descomunales.

—Nunca más nos pelearemos —se prometían el uno al otro.

—Hermanos seremos desde ahora —aseguraba Nicolás.

—Hermanos siempre —afirmaba Pedro.

Gerardo y Federico tampoco dejaban de mover las piernas. Y madre Berta bailaba con todo el que se le acercaba.

—Una cosa así hay que celebrarla —decía.

Hasta la madre de Gerardo, que parecía haber recobrado del todo la cabeza, los dejó asombrados cuando empezó a danzar como si tal cosa.

Una banda militar tocaba sus trompetas y

tambores en otra esquina de la plaza, que bullía de animación.

Las noticias corrían de boca en boca.

—Llegan mañana —decía uno.

—¿Quién? ¿Quién? —preguntaban unos cuantos haciendo corrillo.

—El enviado del emperador, el que va a firmar la paz.

—¡Ah...! ¡Oh...! —y las bocas de los que escuchaban se abrían de admiración.

—El rey de Francia manda cuatro condes... —anunciaba otro.

—Y el rey de España cinco duques, que ya han salido a caballo...

—Pues el Papa ha puesto en camino a cincuenta cardenales...

Todo el mundo hablaba y contaba cosas. Lo poco que sabían y lo que se figuraban que iba a pasar. Hasta los niños, contagiados, empezaron también a inventar noticias.

—Dicen que el rey de España nos manda cinco carros llenos de orzas de miel... —dijo Margarita, convencida.

—Y el Papa, una reata de mulas cargadas de harina para hacer pan... —dijo Pedro, que en esto de sacarse cosas de la cabeza no se quedaba atrás.

—Pues el rey de Francia manda un barco lleno de jamones y manteca —dijo Nicolás, que no quería ser menos en lo de dar noticias.

Y a poco, toda la gente en la plaza hablaba de los panes del Papa, de la miel del rey de España y los jamones del rey de Francia como si ya estuvieran allí.

El jolgorio duró toda la noche. Al fin la hoguera empezó a apagarse, pues ya no quedaba más leña con que avivar el fuego.

Y la gente, ronca ya de tanto hablar, cantar y reír, se fue volviendo a sus casas, cuando el nuevo día clareaba.

VII

Llegan los embajadores

1643-1644

Desde que tocaron las campanas, todos los vecinos de Osnabrück se pasaban la mayor parte del día en la plaza, esperando la llegada de tanto personaje.

El primero en presentarse fue el representante del emperador, con todos sus ayudantes. Venía en una carroza tirada por ocho alazanes de lomo color canela, tan brillante y suave como el mismo terciopelo.

Los soldados le abrían paso y desde su carroza el enviado del emperador sonreía y saludaba con la mano al pasar.

—¡Mirad qué pájaro lleva! —gritó Ena en el colmo del asombro.

Todos los niños que estaban al lado de madre Berta clavaron sus ojos en el extraño bicho que el embajador llevaba apoyado en la muñeca. Nadie hasta entonces había visto nada igual.

–¡Dios salve al emperador...! ¡Dios salve al emperador...! –repetía sin cansarse el bendito pájaro.

–Es un pájaro parlante –se decían los niños.

–¡Dios salve al emperador...! –exclamaba la gente contagiada.

El embajador acariciaba de vez en cuando al animal, alisándole las plumas. Era una cotorrita preciosa que le habían traído de las Américas y que le acompañaba siempre.

–Bien, bien, *Sibila* –le decía–, has hecho un gran servicio al emperador, todo el mundo lo aclama.

Pero la cosa no paró ahí: detrás del embajador empezaron a llegar carruajes cargados hasta los topes.

En aquellos tiempos, la gente distinguida viajaba como los caracoles, con la casa a cuestas. Cuanto más rango tenían, más cosas llevaban. Así, cuando decidían quedarse en algún lugar, servidores y criados empezaban a sacar tapices, cuadros, jarrones, alfombras... Y dejaban convertida en un palacio la habitación más destartalada de cualquier venta en el camino.

El representante del emperador traía más

cosas tras él que los habitantes de Osnabrück habían visto reunidas en toda su vida.

Arcas de maderas olorosas llenas de copas y jarros de plata, de sábanas de hilo, de almohadones de seda... Con enorme cuidado, varios criados transportaban en un gran carro una gran cama, con cortinajes de brocado, y un armario todo tallado, donde el embajador guardaba las cosas que más le gustaban y quería llevar siempre con él. Su libro de oraciones y su rosario, plumas, carpetas y papel para escribir, sus peines y cepillos de plata, su preciosa colección de escarabajos. Sus joyas y sus monedas de oro guardadas en cuatro cajoncitos secretos. Un juego de ajedrez de marfil y ébano, sus tarros de perfume y sus pañuelos de fina holanda.

También traía varios carros cargados con la despensa. Gallinas y pavos encerrados en jaulas, sacos de harina y azúcar, jamones y embutidos bien liados en lonas, orzas con manteca, pellejos de vino... Hasta una cabra venía en el carro, que guiaba Amadeo, un cocinero italiano de grandes bigotes.

Después llegaron los representantes de Francia, vestidos de raso y adornados con encajes y plumas. Ante los niños y madre Berta desfilaron las carrozas... Esta vez eran tres e iban tiradas por caballos bayos, con las blancas crines peinadas y rizadas. Les seguía el equipaje. Lo que más llamó la atención fue un hombre de piel oscura y blanco turbante, de ojos y barba negrísimos, que guiaba uno de los últimos carros donde iban los víveres. A su lado iba sentada una niña con los ojos y el pelo tan negros como los de él.

—¡Madre de Dios! —dijo Esteban, que también miraba el desfile junto a los niños y madre Berta—. ¡Si tenemos aquí al turco!

Pero Esteban se equivocaba, pues el recién llegado no era turco, aunque sí árabe. Mohamed, que así se llamaba, y su hija Zoraida, eran moriscos huidos de las lejanas tierras de España.

Los niños no podían dejar de mirarlo.

—¡Qué barba tan negra! —dijo Federico.

—¡Tiene ojos como carbones! —añadió Margarita.

—El diablo debe ser así... —apuntó Nicolás.

—¿Y si fuera el mismísimo diablo? —murmuró Pedro en tono misterioso.

El árabe, que ya había notado el asombro de los niños, les sonrió enseñándoles unos dientes blanquísimos. Su hija, que tendría la edad de Ena y Margarita, los saludó con la mano, sonriendo también.

—¡El diablo! —intervino madre Berta—. ¿Pues no veis que es un buen hombre tan de carne y hueso como vosotros?

Pedro no se quedó muy convencido.

—Le haré la señal de la cruz cada vez que me lo encuentre —se dijo—, y si es Satanás reventará como un triquitraque.

Después de los enviados de Francia, llegaron los de Venecia en carroza dorada...

—¡Madre, ése sí que no es criatura, sino fiera! —exclamó Nicolás, señalando a un pajecillo negro como el betún, que vestido de seda roja y con turbante rayado en la cabeza iba sentado junto al cochero en el pescante.

—Si parece hermano del mono de los titiriteros —dijo Pedro.

El paje, que era un esclavillo regalado por la reina de Francia al señor embajador, al oír el griterío de los niños empezó a girar los ojos en redondo, haciendo extrañas muecas.

—Y dale —dijo madre Berta—. Ojos y manos tiene como los vuestros, ¿no...? Pues hombre es, aunque tenga otro color.

La reina Cristina de Suecia había mandado a su embajador especial en su propia carroza. Príncipes y obispos acudían de todos los rincones de Alemania. Y el camino entre Osnabrück y Münster, donde también se celebraban negociaciones de paz, era un desfile continuo de enviados de otros muchos países.

Los últimos en llegar fueron los embajadores enviados por el Papa. No venían cincuenta cardenales como la gente se había imaginado. Pero todo el mundo respiró cuando apareció la carroza blanca, rodeada por los soldados del Papa, con sus uniformes rayados y plumas rojas en el morrión.

¡Ya estaban todos! ¡Ya se podía firmar la paz!

VIII

Historia de Mohamed y Zoraida

1645

Y pasaron los días... Madre Berta acudía ahora todas las mañanas a la plaza y colocaba el tenderete de hierbas frente al Ayuntamiento. Ena estaba siempre con ella. Margarita, Federico y Gerardo llegaban después, cuando habían acabado de recoger las basuras. Nicolás y Pedro, en cuanto podían, hacían una escapada y se presentaban también.

Todos llegaban corriendo y preguntando lo mismo:

—¿Qué ocurrió? ¿Se firmó ya la paz...?

Y madre Berta movía la cabeza negativamente.

—No, hijos, aún no... —contestaba con tristeza.

Los niños se sentaban en el suelo mirando fijamente los ventanales de la sala donde todos los embajadores se encerraban día tras día a discutir, pero nadie se asomaba a ellos.

A veces veían salir por la puerta a los embajadores de Francia, con las caras rojas de indignación, que se alejaban ofendidos.

—¡Válgame el Señor! Ya riñeron de nuevo —suspiraba madre Berta—. Así no acabarán nunca.

Otras veces era el enviado del emperador, con la cotorrita *Sibila* en su brazo, rodeado de todos sus ayudantes, el que se alejaba pálido de ira, dando grandes zancadas hasta llegar a su carroza y montarse en ella.

Y madre Berta y los niños, sentados ante el Ayuntamiento, seguían esperando.

Alberto, el hijo del alcalde, y Gustavo Adolfo, el sueco, también bajaban a veces a sentarse en la plaza. Pues desde la noche de las campanas, en que se deslizaron hasta el baile, se habían hecho amigos de los niños del barrio de los tejedores.

Gerardo y Federico, Pedro y Nicolás, los acosaban a preguntas.

—¿Y la paz...?

—¿Cuándo la firman...?

—¿Por qué tardan tanto...?

Ni Alberto ni Gustavo Adolfo daban buenas noticias.

—Mi padre dice que la paz aún tardará —decía Gustavo Adolfo.

—Yo oí decir que esos señores no parecen tener prisa —contestaba Alberto.

Y como la paz no acababa de llegar, la vida seguía siendo difícil. La comida escaseaba y faltaba el pan. No se podía salir de la ciudad, los campos seguían abandonados y los telares quietos. Los caminos estaban infectados de cuadrillas de ladrones. Las tropas continuaban moviéndose de un lado para otro. Y en el barrio de los tejedores cada cual tenía que seguir buscándose la vida como mejor podía.

A madre Berta las cosas no le iban del todo mal. Abundaban los clientes. Y entre los forasteros que habían llegado acompañando a los embajadores, muchos habían acudido ya a buscar sus remedios.

A Esteban el soldado también le iba algo mejor. Con su flamante pata de palo le resultaba más fácil moverse. Ya no sólo tocaba en la plaza su violín; también recorría las tabernas, repletas de soldados, alegrando al personal. Y en su sombrero caían bastantes monedas al cabo del día.

Acababan de oírse las doce campanadas del mediodía cuando apareció por una esquina de la plaza el blanco turbante de Mohamed.

Los niños, que estaban sentados junto a madre Berta, le saludaron a gritos desde lejos.

—¡Dios te guarde, Mohamed!

Pedro, el del gorro de conejo, había dejado de hacer la señal de la cruz cada vez que se topaba con el moro. Pues Mohamed seguía siempre sonriendo tan tranquilo y nunca le había dado el gusto de estallar en mil pedazos.

Mohamed y madre Berta se habían hecho grandes amigos. Mohamed chapurreaba el alemán, pero los niños y madre Berta lo entendían, pues se ayudaba con los ojos y con las manos para hacerse comprender.

—Buenos días, madre —dijo acercándose al puesto—. Tener algo bueno para ti y para los niños... Yo llevar a tu casa esta noche...

Mohamed hablaba siempre de hierbas y de dulces con madre Berta. Era el repostero de los embajadores de Francia, y de sus manos salían turrones y mazapanes, guirlaches y arropes, mantecados y alfajores, empanadillas rellenas con polvo de batata o cabello de ángel, natillas de huevos batidos, arroz con leche perfumado con cáscara de naranja y espolvoreado de canela...

A la noche, Mohamed y su hija Zoraida llamaron a la puerta de madre Berta.

Ena, Margarita, Federico, Gerardo, Nicolás y Pedro estaban ya esperándolos.

Zoraida traía un cesto tapado.

—¿Qué nos traes, Zoraida? ¿Qué es...? —preguntaron los niños rodeándola.

Mohamed tomó el cesto, lo puso en el banco y lo destapó, descubriendo unos hermosos buñuelos bañados en miel.

Los niños se quedaron sin habla al contemplar algo tan apetitoso.

—Yo tener una cosa más —dijo Mohamed en tono misterioso, sacando de un envoltorio un trozo de una materia muy oscura y dura.

—¿Eso tan negro se come? —dijo Pedro, con cara de asco.

Zoraida rió.

—Tú no sabes... —dijo.

—Madre Berta, un jarro con agua tú me das —pidió Mohamed— y una cuchara...

Mohamed puso el jarro en el fuego, echó en él aquella cosa oscura y empezó a moverlo. Un aroma riquísimo llenó la cabaña.

—¿Y qué es? —preguntó madre Berta, que como los niños estaba muy intrigada.

—Chocolate.

Esteban apareció en ese momento.

—Llegas en buena hora —le dijo madre Berta—, mira qué banquete nos ha preparado Mohamed.

Los españoles habían traído el cacao de América. Y se habían aficionado a beber chocolate, cuando en el resto de Europa aún era desconocido.

Y así, entre buñuelos y sorbos de chocolate, todos los presentes conocieron la historia de Mohamed y su hija Zoraida, los moriscos.

Mohamed había nacido en España. Y sus padres, sus abuelos y sus bisabuelos, también.

Cuando los cristianos vencieron a los árabes, hacía siglo y medio, muchos de ellos se fueron de España. Pero otros prefirieron quedarse en la tierra donde habían nacido, aunque tuvieron que hacerse cristianos.

Desde entonces vivieron en barrios aparte que llamaban morerías. Se decía que seguían conservando en secreto sus costumbres y su lengua y les llamaban moriscos.

Los moriscos sabían trabajar la tierra como nadie. Tejían sedas y paños preciosos y eran grandes alfareros.

Había muchos cristianos que no les querían, porque les parecían diferentes a ellos y no podían olvidar tantos años de guerra. Otros porque les daba envidia ver lo mucho que trabajaban y qué bien sabían ganarse la vida.

A la Inquisición, que era el tribunal que mandaba tostar los herejes, tampoco le hacían gracia aquellos moros. No se metían con nadie, pero nunca se sabía bien si rezaban como los cristianos, o si desde el fondo de su corazón seguían rezando a su manera, como les enseñó Mahoma.

Siempre que ocurría algún desastre, no faltaba quien les echaba la culpa a los moriscos.

Hasta que al fin, reinando Felipe III, se promulgó un edicto expulsándolos de España.

Mohamed era todavía un niño cuando esto sucedió. Sus padres eran labradores y vivían en un pueblo del reino de Valencia. En sus campos crecían los olivos y los naranjos. Se sembraba arroz y trigo, cultivándose en sus huertas los frutos mejores.

En aquel valle, cerca del pueblo, existía una cueva profundísima de la que nadie conocía su fin. Contaban que hacía muchísimos años, cuando aún había guerras entre moros y cristianos, un general árabe muy famoso, que se llamaba Alfatima, y sus soldados se habían refugiado en ella y jamás se les había visto salir.

Se creía que Alfatima seguía allí encantado, montado sobre su caballo, lanza en ristre, al frente de sus ballesteros y escuadrones.

Decían que la humedad y el tiempo los había cubierto de musgo. Y Alfatima en su caballo, con todo su ejército, parecían estatuas revestidas de hermoso terciopelo verde.

También aseguraban que saldrían de su encantamiento en cuanto vieran asomar por el valle a los soldados cristianos.

Los padres de Mohamed y muchas otras familias moriscas fueron a refugiarse cerca de la cueva, esperando que Alfatima los defendiera. Pero Alfatima nunca salió.

Los soldados del rey mataron a muchos moriscos, otros fueron apresados, embarcados a la fuerza y acabaron vendidos en África como esclavos. Mohamed, con sus padres y otras dos familias, pudieron huir.

Y escondidos en grandes tinajas donde se transportaba el aceite, dos arrieros que tuvieron piedad de ellos los sacaron de Valencia, llevándolos en sus carros, por caminos escondidos, hasta las tierras de Francia.

Esto fue lo que contó Mohamed farfullando y equivocando las palabras. Pero todos lo entendieron.

IX

Un maestro

1646

Y pasaban los meses... Y los señores embajadores, encerrados en el Ayuntamiento, seguían discutiendo...

Cuatro palomas blancas
Cruzan el cielo.
Van cantando en los aires.
Lo que te quiero.

Zoraida cantaba; Margarita y Ena, sentadas a su lado, la escuchaban, tratando de aprender la canción.

Las tres niñas se pasaban grandes ratos juntas. Zoraida les había contado que su madre era morisca también, de las mismas familias que escaparon de Valencia. Y que se había quedado en el palacio de su señor, allá en Francia, donde trabajaba como doncella, con un hermano chiquito, Omar, que apenas sabía andar cuando ellos partieron.

Zoraida sabía muchos cantos y bailes de la tierra de sus padres. Y les había enseñado a sus amigas a tocar las castañetas haciendo crujir los dedos.

Un hombre joven, que se movía por la plaza curioseando entre la gente, volvió la cabeza con rapidez al oír las coplas. Vio a las niñas sentadas cerca del puesto de madre Berta y se acercó a ellas.

–¿Tú también vienes de España? –le preguntó a Zoraida.

–No, señor, yo nací en Francia –contestó la niña–, pero mis padres sí son de allí.

El forastero iba vestido a la española, traje negro y cuello blanco. Su capa debía llevar ya mucho tiempo colgándole de los hombros, porque estaba raída y se había vuelto color ala de mosca. Sus zapatos también necesitaban compostura y tenían el aire de haber recorrido muchos caminos.

Zoraida siguió cantando:

Del fondo de los mares
Sacan los peces...

El recién llegado cantó con ella.

Perlillas y corales
Para tus peines.

Y el hombre se sentó en el suelo junto a las niñas.

El puesto de madre Berta seguía muy concurrido. Además de sus hierbas para sanar, madre Berta vendía ahora una loción con que espantar los piojos. Daba tan buen resultado, que damas y caballeros, militares y paisanos acudían a comprársela y así aligerarse de tantos bichos y picores.

Zoraida le preguntó al desconocido:

–¿Cómo es su gracia?

–Francisco.

Margarita también empezó a dispararle preguntas.

–¿Y a qué has venido desde las Españas?

–No vengo de España; hace años que la dejé. Vengo de Polonia.

–Pero tú no eres soldado para trotar por el mundo. ¿Cuál es tu oficio?

–Maestro.

–¡Maestro...! –repitieron las tres niñas, espantadas.

Los maestros en aquellos tiempos tenían bastante mala fama y peores hechos. Zurraban a sus alumnos sin compasión. Ni siquiera los príncipes se libraban de bastonazos, bofetadas, tirones de pelos, pellizcos retorcidos y otras delicias.

Hubo algunos maestros que dejaron a sus discípulos lisiados para toda la vida. Jorobados, cojos y mancos a fuerza de golpes.

Los niños del barrio de los tejedores no habían ido nunca a la escuela, ni tenían ninguna gana de hacerlo. Pensaban que al menos esa ventaja tenían por ser tan pobres.

—El otro día Alberto, el hijo del alcalde, bajó con un ojo morado —dijo Ena, mirando a Francisco como a un enemigo.

—Se lo había hecho el maestro —aclaró Margarita, acusadora.

Y era la pura verdad. Alberto era algo tartaja y cada vez que se le atascaba una palabra, pues: pam... pum... Su maestro se la hacía salir a porrazo limpio.

—Al hijo de mi señor —contó a su vez Zoraida—, el preceptor lo arrastró por toda la habitación, agarrado por los pelos, que yo lo vi, porque se equivocó al decir el credo en latín.

—Pero yo no enseño así —dijo Francisco.

Las tres niñas siguieron mirándole con malos ojos y sin creerle una palabra.

—Es más, yo conozco a un hombre que ha enseñado a muchos niños y jamás les puso una mano encima.

—¿Y dónde está ese señor maestro? —preguntó Margarita.

Francisco había estudiado en la Universidad de Salamanca. Y allí había oído hablar por primera vez de un gran hombre que era bondadoso y sabio y se llamaba Comenius.

Comenius era obispo. Y tuvo que escapar de su tierra, Bohemia, cuando la persecución de los protestantes. Comenius se pasó la vida peregrinando de un país a otro. Fundando escuelas y asegurando a todo el que le quería oír que no había que matar a las criaturas a palos para meterles las cosas en la cabeza. Que aprender debía ser algo tan bueno y natural como el dar los primeros pasos y empezar a hablar. Y que había que enseñar a los niños a descubrir las cosas de este mundo por sus propios ojos, razonando con su cabeza y usando todos sus sentidos.

Comenius soñaba en un mundo nuevo, sin guerras ni fronteras. Donde los hombres llegaran a saber lo más posible y fueran felices...

Pero nada de esto pudo contarles Francisco a las tres niñas. Porque en aquel momento llegaron a la plaza Esteban y su violín, con Gerardo y Federico, que venían muy repeinados y contentos.

La gente en seguida les rodeó. Ena, Margarita, Zoraida y Francisco se acercaron también.

—Damas y caballeros que todos los días venís a escucharme. Voy a daros una gran noticia: hoy no voy a ser yo, sino este joven que está a mi lado, el que os alegrará con su música.

Gerardo llevaba ya muchos meses aprendiendo una chacona, ensayándola una y otra vez. Tomó el violín de manos de Esteban y empezó a tocar con brío...

X

El Papa está en Roma

1647

Y pasaron los años... y los señores embajadores seguían discutiendo.

—La Pomerania nos pertenece —decía uno.

—¡Rayos y centellas! ¡De ningún modo! —gritaban a coro los demás.

—Es de justicia que Alsacia y Lorena queden con nosotros —proclamaba otro.

—¡Por el cielo que eso es imposible! —gritaban los restantes.

Y así seguían hora tras hora, encerrados en la sala del Ayuntamiento.

En la plaza la vida continuaba a trancas y barrancas...

Los niños del barrio de los tejedores habían crecido algo, aunque seguían igual de flacos. Gerardo, que era el mayor, iba a cumplir doce años, y Federico había cumplido ya los once. Las ropas de algunos de ellos se habían caído ya a pedazos. Y habían tenido que reemplazarlas con otras, salidas también de los basureros. Se les veía larguiruchos y esmirriados, y como siempre, esperando...

Gerardo y Federico estaban juntos cuando vieron salir por la puerta del Ayuntamiento al paje del embajador de Venecia.

Melchor aparecía todas las mañanas a la misma hora, corriendo como si se tratara de apagar un fuego, con una gran cafetera dorada en la mano.

—No puedo detenerme —decía, si alguien intentaba pararlo—. A mi señor le gusta beber el café ardiendo.

Al principio, todo el mundo estaba intrigado con aquello del café. Nadie sabía lo que era. Hasta madre Berta sentía curiosidad por saber la clase de bebida misteriosa que todos los días llevaban al señor embajador.

—Si es bebida hecha con hierbas —decía—, no conozco ninguna por tal nombre.

Hasta que un día, hacía ya tiempo, Gerardo y Federico, que estaban sentados en la plaza, igual que lo estaban en aquel momento, se decidieron a llamar a Melchor, cuando salía del Ayuntamiento con la cafetera vacía.

El pajecillo se acercó a ellos.

—¿Qué es lo que llevas ahí? ¿Qué es lo que bebe tu señor? —le preguntaron.

—Es una cosa muy buena que le traen de Oriente. Los turcos lo beben...

Melchor, que era bien listo, ya había aprendido el idioma y hablaba con toda claridad.

—Huele muy bien... —siguió diciendo el paje misteriosamente.

Los niños acercaron la cabeza a la cafetera para notar el aroma.

—Todavía queda algo, ¿queréis probar...?

Gerardo y Federico extendieron un dedo y Melchor les escurrió la cafetera.

—¡Puaf! —dijo Federico escupiendo en cuanto se metió el dedo en la boca.

—¡Amargo como la hiel! —dijo Gerardo atragantándose.

Melchor se retorcía de risa.

—Es que en la taza hay que poner mucho azúcar —explicó—. A mi señor, cuando lo bebe, se le quita el sueño y se pone muy contento. Si se bebe mucho hace mal. Yo un día tomé una taza grande porque quería probar y enfermé. Me temblaba todo el cuerpo y no podía parar. Me metieron en la cama y daba unos botes que casi tocaba el techo. En toda la noche no pude cerrar los ojos.

Esta vez fueron Federico y Gerardo los que rompieron a reír. Pues Melchor había empezado a temblar poniendo los ojos en blanco para mejor explicar lo sucedido.

—Si parece que le dio una alferecía —comentó Gerardo.

Y desde entonces Melchor venía a sentarse con los niños y madre Berta siempre que podía.

—¿Y qué hacen hoy allá dentro? —preguntaron Federico y Gerardo, al ver acercarse al paje.

—Lo de siempre, discutir y discutir y beber café —contestó Melchor sentándose en el suelo con desaliento.

Los señores embajadores se habían aficionado a la nueva bebida que el embajador de Venecia había introducido. No sabemos si el café tendría algo de culpa. Lo cierto es que aquellos señores estaban cada vez más peleones y no había forma de que se pusieran de acuerdo.

—Así nunca acabarán con la guerra —dijo Federico, haciendo rebotar con rabia una piedra contra el suelo.

—Ni yo volveré nunca más a Venecia... —dijo Melchor, tumbándose en el suelo desesperado.

Al paje le daban de vez en cuando estos arrebatos.

De pronto se acordaba del sol y el cielo de su ciudad, de sus palacios, de sus puentes y de sus calles de agua... De las góndolas, de los bailes, de los fuegos artificiales, de la música... Y las lágrimas le corrían por la cara y los sollozos le sacudían todo el cuerpo.

—¡No podré dar lecciones de canto! —gritaba Melchor en el colmo de su pena—. ¡No llegaré a ser cantante de ópera; mi señor me lo había prometido!

Federico y Gerardo se habían inclinado sobre el paje tratando de calmarlo. Ena y Margarita, que ayudaban a su madre Berta a despachar hierbas en el puesto, se acercaron corriendo también al oír los gritos.

En aquellos tiempos los amos podían hacer con los esclavos lo que les diera la gana. Hasta cortarlos en picadillo y echarlos de merienda a los perros si les parecía bien. Melchor, dentro de su desgracia, había tenido suerte. Su dueño era un hombre generoso y amigo de las artes, que no sólo estaba dispuesto a darle la libertad, sino también a ayudarle para que pudiera cantar, pues el paje tenía una hermosa voz.

—¡Melchor, Melchorillo, no llores! —dijo Ena, arrodillándose a su lado y tratando de consolarlo.

Melchor les había contado a sus amigos las cosas que él había visto en el teatro cuando acompañaba a su señor a la ópera. La música maravillosa, los decorados que asombraban, pues podían aparecer desde un torrente de agua verdadera, a las llamas de un incendio. Los artistas vestidos de rasos y sedas, que se movían por el escenario levantando los brazos y diciéndolo todo cantando.

Margarita tuvo una idea genial.

—Escucha, Melchor —dijo la niña—. Desde ahora nosotros, en vez de hablar, pues lo cantaremos todo. Y será como si te pasaras el día en la ópera.

—¡Eso no es posible...! —dijo Melchor llorando todavía—. Hay que dar lecciones de canto y saber hacer música hermosa como el señor Monteverdi.

Pero Margarita no se desanimó y se puso a cantar sin pensarlo dos veces.

—¡Calla, calla y no llores más... Y no te revuelques en el suelo, que te vas a emporcar...!

A los otros también les gustó la idea, porque Gerardo cantó:

—¡Sacúdete las ropas, que te las has manchado...!

—¡Y ponte el turbante derecho, que se te ha ladeado...! —añadió Federico, cantando a grandes voces.

—¡Oh, no, no! —dijo Melchor, a quien se le había pasado ya la tristeza—. Ellos cantan de otra manera, así:

—*Lasciate mi morire...*

Melchor cantaba el *Lamento de Ariadna,* la canción que estaba de moda y se escuchaba por todas partes cuando él dejó Venecia.

—¡Ena, Margarita, Gerardo, Federico! ¡Venid y ayudadme! —interrumpió madre Berta.

La gente se apretaba delante del puesto de madre Berta, pidiendo remedios y explicando sus dolores todos al mismo tiempo. Madre Berta no daba abasto.

—¡Gerardo, hijo, acércame aquel saco, el de las amapolas! Con esto que le voy a dar —explicaba a una clienta— dormirá toda la noche como una bendita.

Amadeo, el cocinero italiano del enviado del emperador, se abrió paso entre el barullo. No debía pasar hambre, porque estaba bien gordo y colorado.

—¡Santa María y todos los santos ángeles te bendigan, madre! Aquí traigo una criatura que acaba de morir —dijo acercándose mucho y hablando en voz baja—. Yo mismo le di una cuchillada. Esta noche te daré un buen caldo en el puchero.

—¡Dios te lo pague! Dime, ¿es acaso una gallina?

—Sí, pero guárdame el secreto.

—¡Qué tesoro! —exclamó madre Berta, emocionada—. Bien que nos acordaremos de ti al comerla.

Amadeo estaba muy agradecido a madre Berta, que le curó un panadizo que le tuvo en un puro grito y con el dedo tieso hasta que ella con sus emplastos se lo sanó.

Y el cocinero se despedía ya cuando Federico, que lo había estado mirando, le detuvo.

—Amadeo, ¿tú conoces al Papa?

—Sí, lo he visto muchas veces por las calles de Roma. Iba sobre un caballo tan blanco como su túnica... Delante de él llevaban una gran cruz de oro. Y más de cien cardenales vestidos de rojo y montados en caballos negros iban tras él... Las gentes se arrodillaban a su paso, y él las bendecía con la mano en alto. Un hermoso anillo de oro le brillaba en el dedo...

—¿Y hablaste con él?

—¡Por la Santísima Trinidad! ¿Qué dices? Nadie puede hablar con el Papa. Está siempre en su palacio, rodeado de soldados. A la calle sólo sale en las procesiones, o para ver los jardines y las fuentes, llenas de tritones y delfines, que acaba de construir... O para visitar el sepulcro de mármoles de colores que se está haciendo, o el nuevo palacio que está levantando, o las obras de la Iglesia de San Pedro, que va a ser la más bella del mundo... ¡Oh...! —y Amadeo se dio una palmada en la frente—. Pero qué te estoy diciendo, este Papa ya murió...

—¿Que murió? —preguntó Federico.

—Sí y ya han nombrado a otro; el nuevo Papa se llama Inocencio...

Y Amadeo, que no podía parar cuando se ponía a hablar de Roma, siguió contando:

—Las iglesias por dentro relucen como el oro y están llenas de santos... Dicen que Bernini ha terminado ya la estatua de Santa Teresa. Cuentan que es bellísima, que nunca se vio nada tan hermoso. La santa está arrodillada y el ángel...

Pero Federico le interrumpió:

—¿Y el Papa no podría venir y parar la guerra?

Amadeo vio la cara del niño vuelta hacia él con ansiedad.

—Verás, él solo no puede... El Papa tiene otras muchas cosas que hacer... Roma está tan lejos...

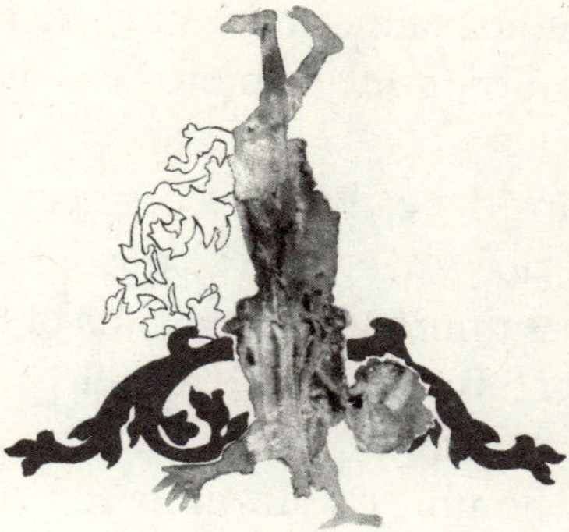

XI

Llegan los cómicos

1648

Vinieron con las sombras, entraron en la ciudad cuando ya era de noche y guiaron su carro hasta la plaza. Mientras las gentes dormían, levantaron el tablado con su balconcillo en medio. Y rendidos se tumbaron a descansar con las primeras luces del día.

Gerardo y Federico habían salido temprano de sus casas. Llevaban unos palos largos para rebuscar entre los desperdicios y un par de sacos vacíos.

Tenían que madrugar mucho si querían ser los primeros en recoger algo aprovechable entre las basuras que todo el mundo tiraba a las calles.

Los niños empezaban siempre por el Ayuntamiento. Y fueron los primeros en encontrarse la novedad.

—¡Dios del cielo! ¡Los cómicos!

Federico y Gerardo se quedaron plantados por la sorpresa mirando extasiados el tabladillo. Y luego se acercaron con cuidado al carro para ver quién había dentro.

Dos hombres y un niño con el pelo color zanahoria y una mujer morena dormían a pierna suelta. Uno de los hombres roncaba estrepitosamente.

—¡Viven al revés! —le dijo Federico a Gerardo—. Se acuestan cuando todo el mundo se levanta y se pasan las noches en vela.

Gerardo miraba un laúd, una trompeta y un tambor que se amontonaban sobre un lío de ropas, en un rincón del carro.

—Saben hacer música con todo —dijo Gerardo con admiración.

El niño pelirrojo debió sentir los cuchicheos, porque movió la cabeza, miró a los dos curiosos, les guiñó un ojo y dijo esta extraña palabra a modo de saludo.

—*¡Lullaby...!*

Y después se volvió a dormir tan ricamente.

El hombre que roncaba dejó de hacerlo. Y los dos amigos se retiraron temiendo que pudiera despertar.

Gerardo y Federico empezaron a revolver entre las basuras.

—Van donde quieren, saben cantos y versos —dijo Gerardo, todavía impresionado, mientras metía en el saco una cazuela de barro desportillada y unos calzones agujereados.

—Bailan y dan saltos mortales... Pueden andar boca abajo con la cabeza colgando... —dijo Federico, recogiendo una sartén renegrida y un jarro de estaño sin asa y partido en dos.

—Cuando hacen burlas todas las gentes se ríen...

—También pueden hacer que lloren si cuentan penas...

—Si pudiera me iría con ellos...

—Y yo también...

Los niños siguieron su recorrido con muchas prisas por acabar. Y gritando la noticia a los cuatro vientos.

—¡Han llegado los cómicos... Han llegado los cómicos...!

Amadeo, el cocinero del enviado del emperador, que salió para darles unos restos de comida y unos trozos de pan, se puso muy contento.

—Esta tarde tendremos divertimento —dijo.

Una mujer que sacudía una manta, asomada a una ventana, se santiguó con espanto. Pues muchos decían que con los cómicos había que tener cuidado, que eran mala gente, casi parientes del diablo. Aunque luego terminaban por acudir a la plaza para verlos, como todo el mundo.

—¡Han llegado los cómicos!

Melchor, que dormía sobre la alfombra, al pie de la cama de su señor, estaba ya levantado llenando de agua una palangana de plata, donde su amo se lavaba un poquito la cara y la punta de los dedos. Y en cuanto acabó de ayudarle a vestirse y componerse, salió disparado hacia la plaza.

—¡Han llegado los cómicos!

Zoraida batía claras de huevo para adornar una fuente de natillas que estaba haciendo su padre, en la cocina de los embajadores de Francia. Y empezó a darle a las claras a toda velocidad hasta que subió el merengue. Y también salió corriendo camino de la plaza.

—¡Han llegado los cómicos!

Pedro y Nicolás, como todos los días, habían salido cada cual a la puerta de su casa para saludarse.

—¡Papista, más que papista, que chorreas agua bendita!

—¡Hereje, ya chillarás, ya, cuando te cueza en sus calderas Pedro Botero!

Pero los dos se olvidaron de sus peleas al saber la noticia. Y se fueron juntos hasta la plaza.

—¡Han llegado los cómicos!

Gustavo Adolfo estaba a punto de empezar la clase de inglés, según los nuevos métodos de Comenius, con su preceptor Francisco. Y discípulo y maestro decidieron dejar las lecciones para mejor ocasión y largarse para ver lo que pasaba.

—¡Han llegado los cómicos!

Rosamunda no se sentó, como todas las mañanas, ante el bastidor para seguir bordando una guirnalda de rosas. Ni Alberto esperó a que su preceptor acabara sus larguísimas oraciones y empezara a darle lecciones con la vara en la mano. En cuanto se asomaron a la ventana y descubrieron el tablado y el carro se bajaron a la plaza sin pensar en los castigos.

—¡Han llegado los cómicos!

Ena y Margarita, que estaban con madre Berta, se pusieron a bailar de alegría al saberlo.

Y niños y mayores dejaron sus tareas para acercarse hasta el carro y curiosear a los recién llegados.

Era ya casi la una del día y la plaza bullía de animación, cuando dentro del carro, el señor Jorge, la señora Magdalena, su hijo Jorgito y el hermano del señor Jorge, el señor Miguel, que era el que berreaba al roncar, empezaron a espabilarse.

Abrieron los ojos poquito a poco, bostezaron, se estiraron, y al fin el señor Jorge se enderezó algo para mirar lo que pasaba afuera.

—¡Cuánta gente! ¡Dios sea loado, buen día podemos tener! —dijo.

Y el señor Jorge acabó por asomar del todo la cabeza, con la pelambrera roja bien tiesa y despeinada. Y haciendo una inclinación saludó a los presentes. Hubo exclamaciones y risas de la gente que miraba.

Y el señor Miguel, la señora Magdalena y Jorgito terminaron por salir también. Y hubo más risas y vítores en cada nueva aparición.

A los cómicos todo aquello les parecía de lo más natural. No les importaba que la gente les viera despeinados y a medio vestir. Su casa eran las calles y las plazas, así que se bajaron del carro tal como estaban y, tranquilamente, fueron a remojarse la cara en la fuente. Después volvieron al carro, y la señora Magdalena repartió unos mendrugos de pan renegridos. La gente no les quitaba ojo, pero ellos siguieron haciendo su vida como si se encontraran protegidos por los muros de una casa verdadera.

Cuando acabaron de desayunar, Jorgito se subió de un salto al tablado. Dio dos vueltas en el aire, hizo una reverencia y dijo:

—*¡Lullaby!*

El público se quedó de piedra. Y Jorgito aprovechó el asombro para seguir diciendo, como si les estuviera contando un cuento en un idioma desconocido, explicando con los ojos, con la boca, con las manos.

—*¡Lullaby, lullaby, lullaby...*

La gente empezó a reír, el señor Miguel cogió el tambor, el señor Jorge cogió la trompeta, subieron al tablado y empezaron a tocar alegremente.

Jorgito dio otros cuantos saltos y se puso boca abajo. Cesó la música y el niño se dirigió de nuevo al público. Y con su lenguaje de una sola palabra dijo lo siguiente:

—*¡Lullaby...!* —y señaló el tablado, que era como decir: AQUÍ.

—*¡Lullaby...!* —volvió a repetir, y su brazo se levantó indicando el lugar en que el sol estaría: «A la tarde.»

—*¡Lullaby...!* —y sus manos llamaron a la gente: VENID.

—*¡Lullaby...!* —y abarcó con un ademán el tablado donde estaban el señor Jorge, el señor Miguel y él mismo: CON NOSOTROS.

Y todo el mundo se enteró de aquella extraña manera de que por la tarde habría función.

Los cómicos se bajaron del tablado. Y la gente volvió a sus faenas para estar listos a la hora del teatro.

La señora Magdalena sacó del lío de ropas que tenía en el carro unos cuantos trajes, que deberían servir para la representación, y se sentó a componerlos.

Francisco y Gustavo Adolfo se habían acercado a los saltimbanquis.

—¿Sois ingleses? —les preguntó el maestro Francisco.

—¡Oh, sí, señor! ¿Vos sois también de allí?

Y toda la familia se puso muy contenta de encontrar a alguien que hablara su propia lengua.

En Inglaterra las cosas también andaban bastante mal. Habían tenido una revolución. Y después se habían liado en una guerra civil, para no perder la costumbre de matarse unos a otros.

—El país entero sufre —contaba el señor Jorge con tristeza—, nosotros tuvimos que huir...

Habían prohibido el teatro. Ni siquiera Shakespeare, que ya había muerto, dejando escritas las comedias más hermosas del mundo, podía ser representado.

—Nos tratan como a bribones —siguió lamentándose el señor Jorge—. Ha salido una ley mandando destruir los teatros. Multando a la gente que vaya a vernos, aunque sea en las plazas. Y ordenando perseguirnos y azotarnos si nos encuentran.

—Con todo el dolor de nuestro corazón —intervino la señora Magdalena— dejamos Inglaterra y nos embarcamos hasta Holanda. Allí la gente es buena y alegre y nos recibieron bien.

—Pero ahora tenemos que hacernos entender como podemos. Hasta que aprendamos el idioma nos faltan palabras.

—Vinimos hasta aquí —dijo el señor Miguel— pensando que, como hay tanto embajador, quizá podamos declamar versos y cantar para ellos en nuestra lengua.

Y al señor Jorge se le ocurrió una buena cosa.

—¿Vos no podríais ayudarnos?

Y Francisco aceptó enseñarles algunas palabras fáciles para decirlas en la representación de la tarde.

Al llegar la hora la plaza estaba a rebosar. Todos los embajadores y la gente principal se hicieron traer sillones de terciopelo para sentarse en primera fila. Detrás de ellos los demás se colocaron a empujones. Hubo peleas, insultos y hasta bofetadas para coger un buen sitio.

Los actores subieron al tablado. Jorgito iba disfrazado de mujer. Llevaba un precioso vestido de brocado azul celeste y una peluca adornada con perlas y lazos de terciopelo. El niño se asomó al balconcillo... Redobló el tambor, la trompeta soltó un clarinazo y el silencio se hizo...

Durante unas horas las cosas fueron muy diferentes en aquella plaza. Se rió y se lloró... Sobre el pequeño tablado los actores hicieron ver al público cosas maravillosas: una sola rama de árbol se convirtió en un bosque..., o una cuerda ondulante pudo ser un mar lleno de olas...

La magia había empezado.

XII

Los niños tienen secretos

1648

Desde el día en que llegaron los cómicos, las gentes de Osnabrück se divertían mucho más. En cuanto se anunciaba una función, la plaza se llenaba.

El señor Jorge y su familia seguían viviendo en el carro. Tres veces habían sido llamados para ir a representar en casa del enviado del emperador. Fue en días de gran solemnidad. Cuando Amadeo sudaba y resoplaba en la cocina, preparando plato tras plato, para la mesa de su señor. Y las hermosas palabras de Shakespeare, centelleantes como piedras preciosas, habían resonado de nuevo en los salones.

Entretanto también hubo otra novedad.

¿Os acordáis del señor Hugo...? El que hacía años vendió en la plaza el romance de la muerte de Richelieu. De vez en cuando solía aparecer con nuevas coplas e historias. Y en aquellos días se presentó de nuevo.

Esta vez el señor Hugo no traía el carro. Venía montado en una mula cargada con unas grandes alforjas, con su hijo Huguito, que había crecido bastante, sentado a la grupa. En cuanto echaron pie a tierra, se acercaron a Esteban el soldado, que en aquel momento pasaba el sombrero entre el público después de haber dado su concierto matinal.

Los dos hombres se abrazaron muy contentos de volverse a encontrar, pues ya eran grandes amigos.

El señor Hugo contó que se había hecho noticiero. Durante los meses de invierno se movía por todo París, recogiendo noticias por tabernas y hosterías, de boca de soldados y comerciantes. Rondaba por las cercanías de palacio, para saber lo que pasaba allí dentro. Se acercaba a las plazas donde paraban los carruajes y preguntaba a los viajeros lo que ocurría en otras ciudades. Y enterado así de todo lo que pasaba en el reino y en la corte, lo escribía en grandes hojas.

Al llegar el verano, el señor Hugo montaba en su mula y se iba para Holanda y después para Alemania, repartiendo sus papeles llenos de noticias entre los clientes que le pagaban por ello. Pues ésta era la manera de hacer los periódicos entonces.

Huguito corrió a reunirse con los niños del barrio de los tejedores, que como todos los días estaban sentados frente al Ayuntamiento. El grupo era cada vez más numeroso, pues otros niños de la ciudad se habían ido agregando.

Alberto y Rosamunda, en cuanto podían, bajaban a la plaza. Y Jorgito, el hijo de los cómicos, nada más abrir los ojos por las mañanas saltaba del carro para reunirse con ellos.

Había ocurrido otra cosa aún más asombrosa que a madre Berta, que no se sorprendía de nada, la había dejado con la boca abierta y sin aliento al enterarse. Y es que Gerardo y Federico, Nicolás y Pedro, Ena y Margarita, habían decidido aprender a leer.

Sucedió de esta manera: desde que Francisco, el español, fue admitido en la casa del coronel Torstenson, como preceptor de Gustavo Adolfo, cada vez que los niños se encontraban con el sueco, se acercaban a preguntarle.

—¿Todavía no te pegó el tal maestro?

Y Gustavo Adolfo les contaba cosas rarísimas. Decían que no solamente el maestro no le pegaba, sino algo aún más asombroso, que el aprender era fácil...

—¿Ni te ha tirado un pellizco, ni te dio un mal tirón de orejas? —insistía Margarita, sin dar crédito a lo oído.

Y Gustavo Adolfo volvía a asegurar que Francisco ni siquiera le había tocado un hilo de la ropa. Y que a él le gustaban las lecciones.

Los niños del barrio de los tejedores empezaron a dejar de mirar al español como a un enemigo, del que había que huir nada más verlo. Y Federico y Gerardo fueron acercándose para hablar con él.

Al principio lo hicieron con muchísima prudencia, como si se encontraran delante de un marciano o cualquier otro ejemplar de una especie lejana y desconocida. Después los niños, un buen día, le pidieron a Francisco que les enseñara a leer. Y allí mismo, en la plaza, empezaron las lecciones.

A todos les gustaba oír contar al español las cosas que había visto por esos mundos de Dios. Pues Francisco había recorrido y vivido en muchos países. Gerardo y Federico acabaron por tener largas conversaciones con él. Y una mañana Gerardo le preguntó.

–¿Conoces al rey de España?

–Hace años que lo vi un día, en la procesión del Corpus, por las calles de Madrid...

–¿Y llevaba corona de oro y espada de plata? –preguntó Federico.

–No –le contestó Francisco–, iba vestido de negro de los pies a la cabeza y tenía la cara triste. Iba detrás de las andas donde se alzaba la custodia, entre velas y flores. Caminaba rodeado de frailes, de obispos y cardenales y un batallón de soldados le seguía...

Y por Francisco los niños empezaron a saber de las tierras de España.

De los barcos cargados de riquezas que llegaban a sus costas, desde las Américas recién conquistadas. Y que servían sólo para sostener guerras interminables.

—En las tierras de España apenas queda gente —les contaba el maestro—. Los hombres parten a la guerra, o se van a América en busca de gloria y de fortuna...

—El rey vive en su palacio. Y Velázquez, que es su pintor preferido, hace retratos de toda la corte, hasta de los enanos y bufones.

—Los campos están desiertos, no hay quien los labre... Las gentes pasan hambre...

—Al rey le gusta el teatro y hace versos. Y le encarga a Calderón que escriba autos sacramentales para celebrar las fiestas...

—*El Quijote* es una novela leída ya en muchos países. Pero Cervantes, que la escribió, hace años que murió en Madrid, pobre y olvidado...

—Los conventos están llenos. Pues hay quien se ampara en ellos para no pasar miserias...

—¿Y el rey de España no podría parar la guerra?

—El rey de España está embarcado en cinco guerras y no puede parar ninguna...

Gerardo y Federico se quedaron mucho tiempo pensativo.

Ni el emperador desde la corte de Viena...

Ni el Papa que vivía en Roma, la ciudad llena de jardines, fuentes, iglesias y palacios... Ni el rey de España con todos sus barcos cargados de oro... Ni el rey de Francia, que aún era un niño, y que según les había contado Huguito, también las estaba pasando moradas con su preceptor, que lo tenía sentado entre su madre, la reina, y el cardenal Mazarino, que gobernaba por él... Ni la reina de Suecia, que sabía tanto y vivía rodeada de sabios y de artistas y deseaba la paz más que nadie... ¿Quién podría entonces terminar con la guerra...?

Gerardo y Federico empezaron a hablar entre ellos y acabaron por decirse algo al oído, muy en secreto.

XIII

Las niñas también

1648

Ena estaba ayudando a madre Berta a mezclar las hierbas que usaba para hacer la loción que espantaba a los piojos.

Ena había aprendido con mucha rapidez a conocer las plantas por su nombre y a saber para qué servían. También colocaba ya ungüentos y cataplasmas sobre llagas y heridas, acercándose sin repugnancia a los enfermos.

—Madre, hay quien dice que esto que hacemos nosotras es cosa de brujas...

—Estar pegada a la tierra y acercarse a las fuentes de la vida es bueno y hermoso. Miente quien dice que es cosa de brujas.

Y Ena, que ya había asistido con madre Berta a un parto, y había sostenido entre sus manos el cuerpecillo tembloroso de un niño recién salido del cuerpo de la madre, sabía que madre Berta tenía razón.

La mujer conocía mil historias, cuentos y leyendas que a Ena le gustaba escuchar mientras juntas arreglaban el huerto o machacaban hierbas en el mortero.

Y así la niña supo de la vida y muerte de Nickel List, el bandido que robó con su cuadrilla una mesa de oro macizo incrustado de rubíes y esmeraldas de la iglesia de San Miguel... O de la leyenda de las anémonas, las flores mágicas que crecen en los valles y con las que se hacen coronas las hechiceras...

Pero la historia preferida de Ena era sin duda la de la princesa Hildegarda.

Hildegarda vivía con sus padres en un castillo. Era joven y bella. Aunque tenía muchos pretendientes, Hildegarda no quería casarse. La princesa era una gran amazona y montada en *Restrappe,* su caballo favorito, era feliz galopando por campos y bosques.

Un día la persiguió un gigante, que la acechaba desde su gruta hacía meses. En la huida, Hildegarda trató de saltar sobre un torrente, pero su caballo resbaló y los dos se precipitaron por el barranco. Dicen que el río la recogió y la guardó con amor. Y aún se la puede ver viva, con su corona de oro, los días en que las aguas están claras...

—Madre Berta, ¿mirando a los ojos se puede adivinar secretos? —preguntó de pronto la niña.

—Se puede —afirmó madre Berta.

Ena no dijo más, aunque había algo que la preocupaba.

Desde el día en que Gerardo y Federico se hablaron al oído, en la fila de niños que se sentaban en la plaza, ocurrían cosas extrañas. No había duda de que algo tramaban. Hablaban entre ellos en voz baja, se daban recados al oído que iban pasando de uno a otro. Y lo peor es que se callaban como muertos si Ena, Margarita o cualquier otra niña se acercaban.

Federico quería mucho a su hermana, que era tan lista como él y había aprendido a leer antes que todos, pero no le dijo una palabra. Y Ena tampoco recibió contestación cuando preguntó a Gerardo.

—Es un secreto, ya lo sabrás más adelante... —le había respondido.

Al llegar a la plaza, Ena se fue derecha para Gerardo, se puso enfrente de él y empezó a mirarlo a los ojos sin pestañear, dispuesta a adivinar lo que fuera.

Margarita se sentó entre Pedro y Nicolás, decidida también a enterarse de lo que pasaba.

—Las mujeres no tenéis nada que ver en esto —le contestó Pedro dándose importancia.

—Las mujeres, a rezar y a hilar —añadió Nicolás.

—¡Y cómo quieres que hile si no lay lino! Pues yo, siendo mujer, aprendí a leer antes que vosotros... ¡Mentecatos!

Margarita se tiró contra Nicolás y Pedro y empezó a dar puñetazos y patadas. Gerardo y Federico acudieron a separarlos.

—¡Fiera! ¡No eres mujer, que eres fiera! —decía Pedro restregándose un ojo en el que la niña le había atizado un buen golpe.

Margarita lloraba indignada, saltando a la pata coja, porque una bota de Nicolás le había acertado de lleno en la espinilla.

Como las cosas se habían puesto tan mal, Federico y Gerardo, después de haber consultado con todos los niños, decidieron hablar con ellos.

—Está bien. Si os lo decimos, ¿nos ayudaréis y guardaréis el secreto?

Las niñas dijeron que sí, que sí y que sí.

Y Gerardo y Federico les hablaron al oído.

A Ena y a Margarita empezaron a relucirles los ojos.

—Vosotras os encargaréis —les explicó Gerardo— de avisar en secreto a todas las niñas.

—¿Y cuándo será? —preguntó Margarita.

—De hoy en ocho días, cuando el sol esté en lo alto y las campanas den las doce.

Cuando Zoraida llegó, Ena y Margarita se lo contaron en seguida. Rosamunda bajó también un momento a la plaza y las niñas la pusieron al corriente de lo que ocurría.

Las cuatro amigas hicieron corro aparte, hablando en voz baja entre ellas. Y desde aquel momento no pensaron en otra cosa que en su secreto.

Y cuando Rosamunda, por las mañanas, se sentaba ante el bastidor, para bordar sus rosas con sedas de colores, no soñaba ya con el noble con quien se casaría al pasar unos años. Ni en los tres hijos que tendría de él. Uno conde como su padre, otro militar y otro obispo. Pensaba sólo en su secreto.

Y Zoraida, sentada en la cocina, mientras pelaba almendras para hacer mazapán o empapaba bizcochos con almíbar, no se acordaba tanto de su madre y de su hermano Omar, a los que iba a hacer cuatro años que no veía. Ni cantaba romances de princesas moras y caballeros cristianos, imaginándose que quizá algún día ella también podría casarse con un soldado español y así volver a la tierra de sus padres. Pensaba sólo en su secreto.

Y a Margarita en aquellos días no volvió a ocurrírsele que el haber nacido mujer era una desgracia. Ni le volvió a pasar por la cabeza el vestirse de hombre para poder escapar con su hermano Federico el día en que él decidiera irse a ver mundo y correr aventuras. Pensaba sólo en su secreto.

Y Ena no se acordó de las pesadillas que todavía la hacían temblar de noche. Ni pidió a

madre Berta que le contara tantos cuentos y leyendas como tenía por costumbre. Pero se paró a mirar la escoba que había colocada detrás de la puerta, una y otra vez. Y guardó su secreto.

Durante toda la semana los niños de Osnabrück estuvieron ocupadísimos con sus preparativos. Se les vio ir de un lado para otro cargados con palos, reunirse por grupos en sitios apartados, andar afanados en mil cosas.

La víspera de la fecha. Federico y Gerardo recorrieron las calles al amanecer. Y mientras llenaban sus sacos en los estercoleros lanzaron al aire su señal.

—¡Cucu, cucu...!

Y en las ventanas y en las puertas de todas las casas los niños aparecieron sigilosamente, asomando las cabezas despeinadas y los ojos cargados de sueño.

—¿Todo está preparado?

—Todo.

—Mañana por la mañana, junto al río, cerca del puente.

Y las puertas y ventanas volvieron a cerrarse con cuidado.

Ena y Margarita también recorrieron la ciudad. Y su canción se escuchó antes de que el día aclarara:

Abre, que viene mayo, abre.
Los árboles reverdecen
y la tierra se viste de rosas...

La canción despertó a la mujer del tabernero, pues tenía el sueño ligero.

—¡Qué raro! Pues no me ha parecido oír cantos de primavera... —se dijo—. No, no puede ser —recapacitó después—, lo habré soñado, si estamos en otoño...

Y dio media vuelta en la cama y se tapó hasta las orejas, para conciliar de nuevo el sueño.

Margarita y Ena siguieron su camino.

Abre, que viene mayo, abre.
Los árboles reverdecen...

—¿Están hechos los ramos? —preguntaban a las niñas que se asomaban en cada casa.

—Están.

—Mañana por la mañana, junto al río, cerca del puente.

—Allí estaremos...

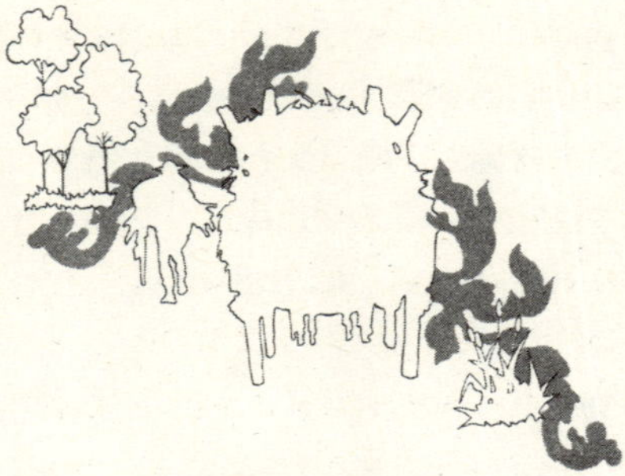

XIV

La paz

1648

Y llegó al fin el día señalado.

Ena se peinó con muchísimo cuidado aquella mañana. Y le pidió a madre Berta una cinta de seda rosa que guardaba para las grandes ocasiones. Después tomó los dos preciosos ramos que había hecho con varas de abedul y hojas de acanto.

–Madre –dijo–, hoy no podré estar contigo en la plaza a primera hora.

Madre Berta le había acariciado la cara, mirándola largamente. Y le había dicho:

–Hija, ve, ve a donde quieras ir...

Federico y Margarita también madrugaron más que de costumbre. Y se colocaron dos estrellas iguales, hechas con cuentas de colores, sobre el pecho, adornando sus ropas miserables.

Gerardo se levantó cuando su madre aún dormía. Encendió la lumbre como todas las mañanas y puso a calentar una perola de sopas. Luego prendió una pluma de gallo, de un verde tornasolado, en su viejo sombrero.

Pedro y Nicolás salieron a sus puertas y se miraron de arriba a abajo.

Pedro había colocado en su gorro peludo de piel de conejo un escarabajo disecado. Y Nicolás lucía dos hebillas con lazo en sus viejas botas de soldado.

—De mujer es ese adorno —dijo Pedro, mirando con desprecio las botas de su amigo—. Ni siquiera Lucifer llevaría semejante cosa.

A Nicolás se le subió la sangre a la cabeza.

—Pero sí que llevaría ese asqueroso bicho que tú te has colocado. ¡Papista inmundo!

Y los dos hubieran llegado a las manos de no impedirlo el poco tiempo que les quedaba para llegar con exactitud a la cita en el puente.

Zoraida rebozó en polvo de chocolate tres docenas de bolas de mazapán con una rapidez sorprendente. Se colocó los pendientes de plata, regalo de su abuela, que los había traído de España. Y le dijo a Mohamed que tenía que marcharse en seguida con Ena y Margarita.

Huguito dormía con su padre en la posada. Se levantó sin hacer ruido, se probó un gorro que había hecho con una gran hoja de papel, de las que su padre usaba para escribir el periódico. Y se colgó del cuello, con un cordón de seda amarillo, una uña de gato montés.

Gustavo Adolfo se encasquetó un bonete de terciopelo rojo sobre la rubia melena. Y se sujetó al pecho una medalla con el perfil de Gustavo Adolfo, el buen rey llorado por sus soldados, de quien el niño llevaba el nombre.

Rosamunda y Alberto pidieron permiso para ir a la Catedral y escaparon por una puertecilla falsa, camino del río. Una banda de seda roja le colgaba de un hombro a Alberto. Y una corona, de cintas y flores de seda, llevaba puesta Rosamunda en la cabeza.

Jorgito escogió un traje de bufón, lleno de cascabeles y colgajos, para vestirse aquel día. Tomó la trompeta y el tambor y saltó fuera del carro, mientras el señor Jorge y la señora Magdalena dormían y el señor Miguel roncaba.

En la plaza se notó la ausencia de los niños. Madre Berta estaba allí desde muy temprano, sentada con las manos cruzadas sobre el delantal, junto al cargamento de hierbas.

Esteban se acercó con su violín.

—Dios te guarde, madre. Solitaria está la plaza. ¿Por dónde anda la tropa esta mañana?

Pero madre Berta, que parecía distraída, no le respondió nada.

Francisco, el preceptor de Gustavo Adolfo, a quien el niño había pedido permiso para reunirse con Gerardo, también se quedó asombrado al no encontrarlos allí.

Melchor fue el único que apareció, corriendo con la cafetera en la mano. Entró en el Ayuntamiento y salió al instante, alejándose tan deprisa como había venido.

El paje volvió a la casa del embajador de Venecia, dejó la cafetera en la cocina, subió hasta la alcoba de su señor y sacó de debajo de la cama una cajita donde guardaba unas cerezas de cristal rojo, que se colocó en el turbante con cuidado. Y tomando un gran envoltorio, que también escondía en el mismo lugar, salió disparado hacia el puente.

Todos los niños de Osnabrück estaban ya allí cuando llegó Melchor, jadeando por la carrera. Las niñas habían llegado cargadas con sus ramos. Y todos los niños sacaron de misteriosos envoltorios un caballo de palo.

Aquellos caballitos eran los que les habían dado tanto que hacer durante toda la semana. Muy pocos tenían un caballo de juguete verdadero, y habían tenido que ingeniárselas para construirlos por su cuenta. Buscaron los palos y cada cual hizo la cabeza con lo que pudo. Unos la hicieron con trapos, otros la tallaron en maderas, o la modelaron en barro con sus propias manos.

Las niñas también se habían movido lo suyo. Era otoño, muchos árboles estaban ya dorados y sus hojas empezaban a caer; tampoco se encontraban flores. Y las niñas habían recorrido de

una parte a otra la ciudad en busca de ramas y hojas.

Pero quien dejó a todos asombrados a su llegada fue Ena. Se la vio venir con su preciosa cinta rosa adornándole el pelo, llevando sus ramos de abedul y hojas de acanto y montada en la escoba de madre Berta, que había adornado con una diadema de hiedra.

—Pero eso no es un caballo, es una escoba —le dijeron entre risas.

—Es mi caballo —afirmó Ena, sin dejarse apabullar—, y corre más que el viento.

—Pero las mujeres no deben cabalgar —aseguró Nicolás—, eso es cosa de hombres.

—Mira cómo ninguna otra niña ha traído caballo —dijo Pedro tratando de convencerla.

—Pues la princesa Hildegarda cabalgaba mejor que nadie y era mujer.

—O dejas la escoba o no vienes con nosotros —le advirtió Pedro, a punto de perder los estribos.

—No es una escoba, que es mi caballo, y sí voy a ir con vosotros.

Ena seguía con la cara apretada y dispuesta a no bajarse de la escoba, pasase lo que pasase.

Gerardo intervino, pues no era cosa de dejar que se peleasen en aquel momento.

—No es tiempo de discutir —dijo—, va a dar la hora y tenemos que emprender la marcha. Tú, Ena, ponte ahí, delante de las niñas.

Los niños, montados en sus caballitos, formaron en filas de a cinco. Todos llevaban ramas verdes en la mano. Y los que tenían trompetas de juguete las habían traído con ellos.

Ena y las demás niñas los seguían agitando sus ramilletes.

Jorgito, vestido de bufón, iba delante de todos, dando saltos y volteretas, el tambor colgado y la trompeta del señor Jorge en la mano.

Y la marcha empezó.

Redobló el tambor y las trompetas lanzaron al aire su sonido.

La comitiva hizo su entrada en la plaza.

—¡Paz, paz, paz...!

A madre Berta, a quien nadie había visto llorar, empezaron a resbalarle por la cara lágrimas como puños.

Esteban empezó a atragantarse.

—¡Esto sí que no me lo esperaba yo, madre! —dijo, y acabó llorando a moco tendido.

Hugo, el francés, dijo:

—Qué buena noticia para mi hoja.

Y miraba avanzar a los niños, haciendo cabriolas sobre sus caballitos, ejército sin lanzas ni espadas, y también sus ojos empezaron a empañarse.

Mohamed estaba extasiado ante el acontecimiento. Y Francisco, el español, comentó que no había dado en su vida lecciones mejor aprovecha das.

¡Paz, paz, paz...!
Abre que viene mayo, abre.
Los árboles reverdecen.

El señor Jorge, la señora Magdalena y el señor Miguel se despertaron con el revuelo. Y con gran asombro vieron a Jorgito agitando todos los cascabeles de su traje de bufón, cargado con el tambor y la trompeta.

—¡No nos dijiste nada, tunante! —le gritaron.

Y los cómicos fueron los primeros en agregarse a las voces de los niños.

—*¡Paz, paz, paz...!*

El tumulto era tan grande que todos los embajadores que discutían en la sala del Ayuntamiento se asomaron a las ventanas. Y hasta la cotorrita *Sibila,* impresionada, se olvidó de dar vivas al emperador para gritar también.

—*¡Paz, paz, paz...!*

Y lo que parecía imposible ocurrió.

Quizá porque treinta años de guerras y cuatro de discusiones son muchos años. Quizá porque al ver a todos aquellos niños juntos, por un momento, también los embajadores pensaron que la vida debía ser algo mejor y más hermoso para todos, que el guerrear y discutir por la Pomerania, la Alsacia o la Lorena, y el morir de hambre, de frío o en un campo de batalla.

Lo cierto es que los señores embajadores también empezaron a sonreír.

En las manos de los niños, las ramas se agitaban convirtiendo la plaza entera en un mar de verde esperanza.

El enviado del emperador acarició meditabundo las plumas de la cotorrita *Sibila,* que seguía gritando como una desesperada.

–*¡Paz, paz, paz...!*

Y los señores embajadores volvieron a la sala donde tanto habían discutido y la paz fue firmada.

Aquella noche, Francisco escribió a su admirado Comenius:

> *Voy a darle una gran noticia que le llenará de alegría. En el día de hoy, los niños han conseguido la paz. Han dado el primer paso hacia ese mundo, sin guerras ni fronteras, que usted tanto desea para los hombres...*

El emperador Fernando también se puso muy contento cuando la noticia de «La Paz de los Niños», «La Paz de los Caballitos» llegó a la corte de Viena.

Fernando, que era un buen rey y se pasó la vida tratando de arreglar lo que los reyes anteriores habían desarreglado, hizo acuñar una moneda, de la que aún se conservan algunos ejemplares, celebrando esta paz ganada por los niños.

Y un caballito de palo figura hoy como insignia de la ciudad de Osnabrück.

Paz de Westfalia.

Osnabrück, 24 de octubre de 1648

Hechos históricos que figuran en este libro

Capítulo I

La guerra de los Treinta Años (1618-1648) comienza como conflicto religioso y termina siendo una lucha por la hegemonía europea.

La defenestración de Praga ocurrió el 23 de mayo de 1618.

Fueron arrojados por la ventana Guillermo Slavata y Jaroslav Martinic.

La batalla de la Montaña Blanca tuvo lugar el 8 de septiembre de 1620.

La ciudad de Praga se rindió el día 10 de noviembre de 1620.

En España reinaba Felipe III.

La toma de Heidelberg y la destrucción de su castillo por el general Tilly al frente de sus tropas se llevó a cabo en 1622.

La ocupación de la ciudad de Osnabrück por los suecos que luchaban en favor de los protestantes alemanes ocurrió en 1633.

Capítulo II

La persecución y quema de brujas extendida por Alemania durante los siglos XVI y XVII tuvo un recrudecimiento, desde 1623 a 1636, en Bamberg y Wurzburgo.

Capítulo III

El asesinato del general Wallenstein, duque de Friedland y de Mecklenburgo, se cometió el 25 de febrero de 1634, en Eger.

Capítulo V

La ejecución, del marqués de Cinq-Mars y de su amigo Francisco Augusto de Thou, ordenada por el cardenal Richelieu, se cumplió en la plaza de Lyón en 1642. El cardenal Richelieu murió en París el 4 de diciembre de 1642.

Capítulo VI

Osnabrück y Münster son declaradas ciudades neutrales, con gran solemnidad, por el consejero imperial Johann von Crane, en el año 1643.

Capítulo VII

Comienzan las negociaciones para la paz en Osnabrück, de una manera ininterrumpida, en diciembre de 1644.

Capítulo VIII

La expulsión definitiva de los moriscos, que se habían quedado a vivir en España una vez terminada la Reconquista, en 1492, se llevó a cabo bajo el reinado de Felipe III, por edicto promulgado en septiembre de 1609.

Capítulo IX

La persecución de los protestantes desencadenada en Bohemia en 1620, después de la caída de Praga, obligó al obispo Comenius a refugiarse en Polonia. Pasó después a Inglaterra, vivió también en Suecia y Hungría. Murió en Holanda el 15 de septiembre de 1670.

Capítulo XI

En Inglaterra, el alzamiento del Parlamento contra el rey Carlos I tuvo lugar en 1641, y la guerra civil ocupó los años de 1642 a 1649.

Por sentencia del Parlamento de 11 de febrero de 1647, quedan prohibidas las representaciones teatrales. Se ordena la destrucción de los teatros y se condena a los actores a la pena pública de azotes.

También en España, desde 1644, bajo el reinado de Felipe IV, se prohíbe representar comedias. Sólo se permite representar autos sacramentales y vida de santos.

Capítulo XII

España, en 1648, bajo el reinado de Felipe IV, mantenía luchas en Cataluña, Portugal, Flandes, Italia y Francia, aparte de las que sostenía en la América conquistada.

Capítulo XIV

Finalizan las negociaciones para la paz en Osnabrück y Münster, siendo firmada la paz el día 24 de octubre de 1648. PAZ DE WESTFALIA.

Con ella comienza la era del Estado secularizado que reconoce el principio de la tolerancia religiosa, y en Europa desaparece la hegemonía de los Habsburgo.

Índice

ESTE LIBRO SE TERMINÓ DE IMPRIMIR EN LOS TALLERES GRÁFICOS DE A.T.G., S. L., MADRID, EN EL MES DE MARZO DE 1995, HABIÉNDOSE EMPLEADO, TANTO EN INTERIORES COMO EN CUBIERTA, PAPELES 100 % RECICLADOS.

INFANTIL

SERIE AZUL

desde 12 años

FERNANDO ALONSO
El árbol de los sueños

JOHN CHRISTOPHER
Los guardianes

ROALD DAHL
Matilda
Charlie y la fábrica de chocolate

GERALD DURRELL
Los secuestradores de burros

VIRGINIA HAMILTON
Primos

PETER HÄRTLING
El viejo John

ERICH KÄSTNER
El 35 de mayo

JUDITH KERR
Cuando Hitler robó el conejo rosa

CONCHA LÓPEZ NARVÁEZ
La sombra del gato y otros relatos de terror

CHRISTINE NÖSTLINGER
Konrad
Mi amigo Luki-Live

KATHERINE PATERSON
La gran Gilly Hopkins

TERRY PRATCHETT
Sólo tú puedes salvar a la humanidad

ALFAGUARA